廃皇子と獣姫の軍旗

田代裕彦

一章　003　皇太子ウィルフレド

二章　083　偽嫡

三章　124　峰に立つ牙

四章　186　結束軍

五章　231　二万対五十

290　終章

304　あとがき

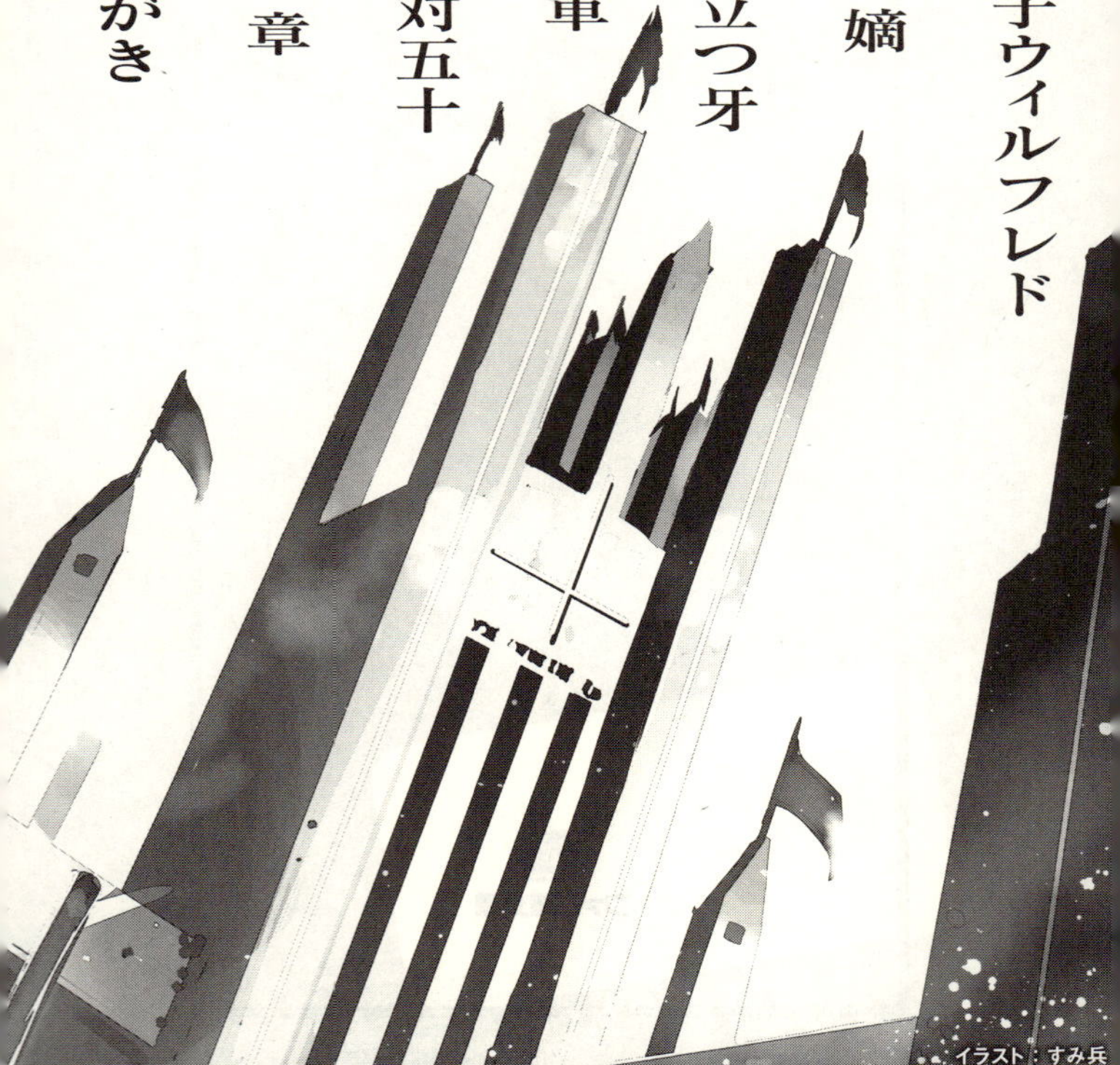

イラスト：すみ兵

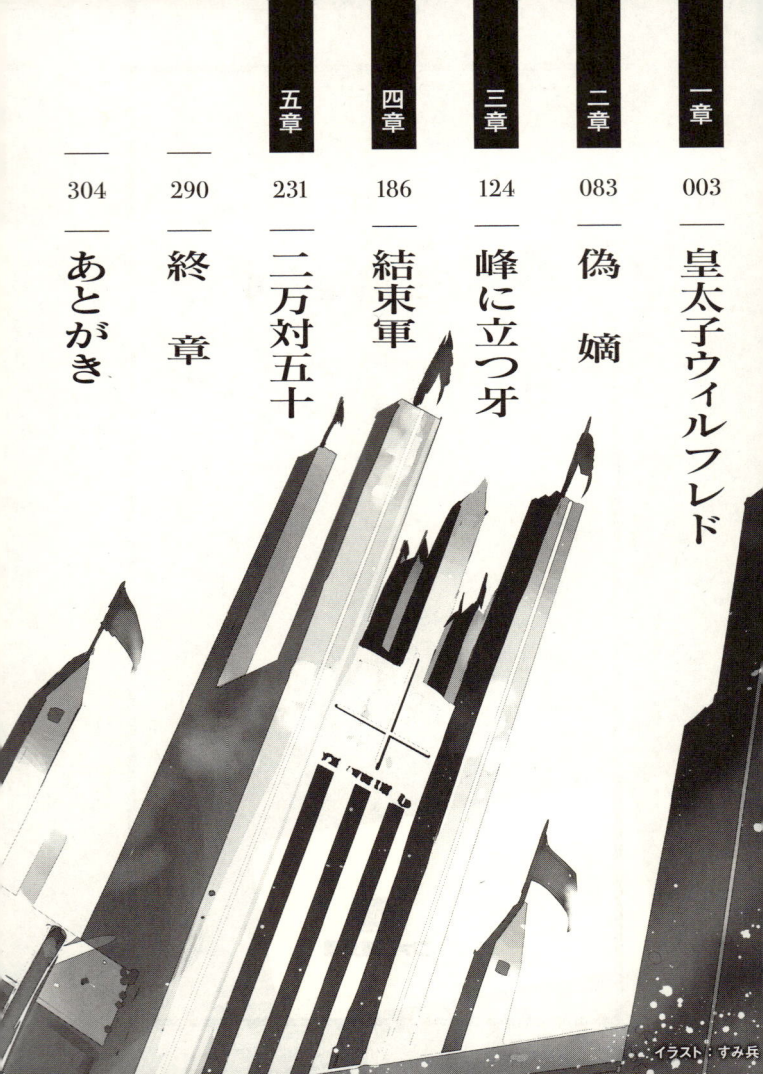

一章

El avandono levanta
la bandera de la bastards

皇太子ウィルフレド

荒野《こうや》に血煙が舞う。

二つの陣営に属する者たちが、武器を取り、命と命をぶつけ合い、そして散らしていた。

一方の陣営は、建国より二百五十余年の歴史を誇《ほこ》り、大陸屈指《くっし》の強国として知られるアルガント帝国。

もう一方の陣営に名はなく、対するアルガント側からは《未開の蛮族《ばんぞく》》、《辺境の亜人《バズ》ども》などと呼ばれていた。

土地を巡っての争いではあった。だが、肝心《かんじん》のその土地に争われるほどの魅力《みりょく》があるかと言うと、疑問を投げかけざるを得ない。

四方を見渡してみても、緑に乏《とぼ》しく砂と岩ばかりが続く不毛の大地が広がっている。

（もっとも、この戦いの不毛さに比べれば幾分《いくぶん》かマシか……）

小高い岩山の上に立ち、眼下で繰り広げられる惨劇《さんげき》を見下ろしながら、ウィルフレドは内心で呟《つぶや》いていた。

未《いま》だ二十歳に満たぬ若年《じゃくねん》。少年と青年の境目ほどの年齢である割に厭世的《えんせいてき》な物の考え方をしているが、それも彼の立場からすれば致し方のないことかもしれなかった。

全軍を見渡せる高台に立ち、豪奢《ごうしゃ》な装飾の施《ほどこ》された黄金の兜《かぶと》を被《かぶ》るその姿は、周辺諸国を次々と併呑《へいどん》し大陸に覇《は》を唱えるアルガント帝国でも、皇族にのみ許されたものである。

ウィルフレド・デ・アルガント。

それこそが、アルガント帝国皇帝ディエゴI世の第十三子にして皇太子である彼の名であった。

この戦いにおいて、責任と重圧を最も背負うべき立場にいる人物ということでもある。両の肩に載ったその重みが、先ほどのような厭世的な思いを抱かせるのだろう。

だが、どうやら戦いの大勢は決したようだ。

アルガントの兵に完全に包囲された蛮族は潰走《かいそう》状態に陥っている。一部の強者が殿軍《でんぐん》を形成し、味方の逃走を支えているような形だった。

不毛な戦いではあるが、それだけに無駄《むだ》な犠牲者を増やさずに済んだのは幸いだ。

そんな思いが顔に出ていたのかもしれない。不意に横から咎《とが》めたてるような声がウィルフレドに投げかけられた。

「気を抜くのは早いのではございませんか、殿下」

ウィルフレドに注意を促《うなが》してきた声の主は、マルセリナ・デ・メルディエタといった。かつて内外にその名を轟《とどろ》かせた名将シンクトバル・デ・メルディエタの孫娘であり、ウィルフレドよりもひとつ年長なだけの若年だが、その武芸の腕、軍略の確かさ共に名将の薫陶宜《くんとうよろ》しきを得ているともっぱらの評判である。

事実、この戦いにおいてもウィルフレドの副官として従軍し、その評判に恥じない手腕を発揮していた。

この諫言《かんげん》も、副官としての責務であることは間違いない。

「私は何も言っていないよ、マルセリナ」

わずかに肩を竦《すく》めながら困った風に言うウィルフレドだったが、マルセリナの鹿爪《しかつめ》らしい表情が崩れることはなかった。

「『大勢は決した』。そう思われたのでしょう?」

確かにそう思った。

言いよどんだウィルフレドを見て、マルセリナはそれ見たことかと思った――かどうかは定かではないが、更に言い募《つの》る。

「古今《ここん》、最後の詰めを誤ったために、それまでの快勝が大敗にとって代わった例などいくらもございます。ご用心くださいませ」

「やれやれ。マルセリナ姉さんにはかなわないな」

苦笑しながらウィルフレドがそう呟くと、マルセリナは困った様子で眉《まゆ》をきゅっと寄せる。

「殿下……どうかそのような呼び方はお控えください。他の者への示しというものもあるのですから」

ウィルフレドは一国の皇子としてはいささか複雑な育ちをしていた。その過程において、幼少期にはマルセリナと姉弟同然に過ごしていたのだった。

だから自然と「姉さん」という言葉も出てきてしまうのだが、部下の一人を特別に扱っていると余人に思われて仕方のない呼び名であるかもしれない。

「構いませぬよ、マルセリナどの」

その時、マルセリナの心配をよそに、ははは と鷹揚《おうよう》な笑い声があがった。

「その程度のことで殿下や貴公への評価が変わるわけもなし」

声の主は、本営部隊に軍監《ぐんかん》として同行する将軍の一人、カマラサであった。

「それに、貴公が職務に忠実なのは結構なことだが、ここは素直に皇太子殿下の才覚を褒《ほ》め称《たた》えるべきではないかな？」

ウィルフレドに視線を向けたカマラサは、大仰な身振りと共に言葉を続ける。

「これまで、あの亜人どもにはそれなりに苦労させられてきたものだが、殿下がいらした途端にこの勝利。〝猛虎帝《もうこてい》〟と呼ばれたディエゴⅠ世陛下《へいか》の血を色濃く受け継いでおられると言うべきか。これで、我らが大帝国の繁栄もますます盤石《ばんじやく》というものでござろう」

かっかっか、と些《いささ》かわざとらしく笑うその将軍に、ウィルフレドは内心げんなりしていた。

事態がここに至るまで、事あるごとにウィルフレドの指揮に難癖《なんくせ》をつけていたのは、他でもないカマラサなのだ。

「私は何も特別なことはしていないよ」

ウィルフレドがカマラサやその取り巻きたちに向ける言葉には、冷え冷えとして突き刺さるような迫力があった。

「これまでの苦戦は、帝国軍の指揮官たちが彼らを甘く見すぎた結果だ。どうせ君たちは、『たかが獣《けもの》ふぜい』と侮《あなど》っていたのだろう？」

挑発的なウィルフレドの言葉に、カマラサたちは一様に鼻白《はなじろ》んだ。

これはまずいな。

と、自戒する冷静な自分もウィルフレドの中にはいたのだが、口をついて出た言葉を止めることができなくなっていた。

「君らは彼らの姿をその目でしかと見ていたのかい？　せっかくの機会だから、奮闘しているその勇姿を目に焼き付けるといい」

ウィルフレドの指さす先は、敵軍の最後尾。殿《しんがり》で帝国兵の攻勢を受け止め、撤退の援護を行う蛮族の民の姿であった。

そこに立つのは、常人の倍はあろうかという巨漢《きよかん》。それもただの巨漢ではない。彼の腰から上は分厚く固い毛に覆われ、手指の先には鉈《なた》のような爪を生やしている。そして鼻は長く突き出て、開いた口からは鋭い牙《きば》が覗《のぞ》く。

それは、見紛《みまが》うことなき《熊》の姿だった。

辺境の亜人族――。

その名の示す通り、彼らは純粋な《人間》とは異なる種族であった。

一体、いかなる神の気まぐれによるものなのか、彼らは獣の半身を持った半獣半人の種族なのだ。

もっとも、一口に種族と言っても、彼らがみな同じ姿をしているわけではない。

この戦場においても、《熊》の半身を持つ亜人から少し離れた場所では、腰から下に四本の脚と蹄《ひづめ》を持つ――《馬》の亜人が長槍《ながやり》を振り回し奮闘している。

更にその傍《そば》では、《狼》に似たとがった耳とふさふさの尻尾《しっぽ》、鋭い爪を持つ少女が軽快な動きで帝国兵を翻弄《ほんろう》していた。

「見れば一目瞭然だよ。彼ら亜人《バズ》は、同条件で戦えば我々人間よりも遥《はる》かに強い。それを認めずに無闇《むやみ》と戦端を開くから余計な犠牲を出すはめになるのじゃあないか」

だが、そんな亜人たちの奮戦も、《数》という暴力にはかなわない。

それは、今この戦場において互角以上の戦闘を続けられているのが、先にあげたような一部の勇士に限られることが物語っている。

「我が軍が亜人族《バズ》に対して勝《まさ》っている点は、圧倒的な数だ。だからこそ、それを活《い》かせれば勝つし、活かせなければ負ける。自明の理だよ」

広く、かつ比較的平坦な場所――大軍を展開できる広野に陣を敷き、そこが主戦場となるよう亜人族を誘導した。

ウィルフレドの立案した作戦と言えばその程度のものだ。

逆に言えば、その程度のことさえ、これまで帝国軍は行ってきていなかったのだ。

「苦戦の原因ははっきりとしている。ただの慢心《まんしん》だ」

ウィルフレドの口から飛び出した指弾の言葉に、本営に控える諸将はみな一様に呆然《ぼうぜん》とした表情を浮かべる。

彼らの表情は、ただ困惑しているだけではない。眉を顰《ひそ》め、不快感を抱き始めてもいる様子だった。

（しまったな……）

今更ながらにウィルフレドは失言を自覚する。

カマラサたちの機嫌を損ねても得るものはなにもないとわかっていたのだが、彼らのあまりの呑気《のんき》さについ口をついてしまったのだ。

身から出た錆《さび》とはいえ面倒なことになってしまった、とウィルフレドは彼らの視線を浴びながら、内心で苦笑を浮かべていた。

「――なんてことを、マルセリナあたりは言うかもしれない。私が苦戦していたら、確実に言われるだろうなあ」

唐突にウィルフレドは肩を竦め、おどけた声を出す。

いきなり名指しされたマルセリナであったが、驚きに瞳を瞬《しばた》かせていたのはほんの一瞬のことだった。

「おわかりになっているのなら、言わせないよう努力なさるべきではありませんか？すぐに慢心なさるのは殿下の悪い癖です」

実際のところ、マルセリナはこの皇太子が慢心したところなど見たことはなかったに違いない。だが、それを口にするほど、彼女の頭の回転は鈍くなかった。

「ほら、これだ」

道化師《どうけし》のような大袈裟《おおげさ》な身振りと共に、ウィルフレドは情けない声を上げる。

「マルセリナはなぜか私にだけ厳しいんだよ」

「そ……それはもちろん、殿下の御為《おんため》を思ってのことです」

焦《あせ》っているとも拗《す》ねているともつかない口調で早口でまくしたてるマルセリナだった。

そんな彼女の様子を見て、カマラサが含み笑いを漏《も》らす。

「まあ、それはアレでしょうな。好意を抱く相手にこそきつく当たってしまうという、複雑な乙女心《おとめごころ》というヤツでしょう」

「な⁉　な、な、なんてことを仰《おつしや》るのです、カマラサ卿《きよう》！」

「へえ……？　そうなのかいマルセリナ？」

「それは……その、しっ、知りません！」

ぽかんとした間の抜けた表情でまじまじとマルセリナを見つめるウィルフレドに、マルセリナは両手で顔を覆いながら半ば悲鳴のような声で答える。

戦場の一部とも思えぬ他愛《たわい》のない光景に、周囲から笑声があがった。

「殿下もなかなか女泣かせな御仁《ごじん》ですな。そのあたりも陛下譲りというわけですかな？」

「……父上のような性豪と比べられても困る」

笑うカマラサの言葉に、ウィルフレドは苦笑を浮かべるしかなかった。

ディエゴⅠ世の女性関係の派手さは殊《こと》に有名であり、最盛期には後宮に三百人からの妾妃《しょうひ》が控えていたほどだった。

確認されているだけで、男女合わせて二十八人の子供がいるが、遠征先で村娘に手を出したという逸話も残っているため、世に知られていない落胤《らくいん》も一人や二人ではあるまい。

「いやいや、子を成し次代に血統をつなげていくのも、皇帝としての大事な責務。ディエゴ陛下ほどとは申しませんが、殿下ももう少し積極的になられてはいかがですかな?」

カマラサの言葉は冗談まじりではあったが、真理を含んでもいた。

直系の男子を作り、血を残すことは、皇帝に課せられた重要な義務のひとつだ。過去には男色との噂《うわさ》が立ったために廃位された皇帝の例もある。

ウィルフレドも十代も後半。そろそろ本気で婚姻《こんいん》や世継《よつぎ》のことを考えなくてはならない年齢だった。

「そうだね。忠告はありがたく受け取っておくよ、カマラサ卿。とりあえず、マルセリナの機嫌を直すところから始めようかな」

「結構結構、そうなさいませ」

カマラサの言葉を背に受けながら、ウィルフレドは少し離れた場所で俯《うつむ》いたままになっていたマルセリナへと近づいて行った。

そして、周りには聞かれぬよう小さな声で告げる。

「ごめん。助かったよ、姉さん」

ウィルフレドの言葉に顔を上げたマルセリナの表情は、照れたものでも恥じ入ったものでもなく、呆《あき》れ返《かえ》ったようなものであった。

マルセリナは小さな吐息《といき》と共にウィルフレッドを睨《にら》みつける。

「まったく……カマラサ卿の呑気さに我慢ができなくなったのはわかりますが、少しはご自分の立場を考えて自重なさってはいかがですか？」

「言葉もない」

ウィルフレッドは皇帝ディエゴI世より正式に立せられた皇太子だ。

さらに、この数年の間にいくつかの戦場においてその手腕を発揮し、戦巧者の父帝譲《ゆず》りの才覚の持ち主であると内外に評価されてもいた。

特にウィルフレッドに翻弄された周辺諸国においては、揶揄《やゆ》と畏怖《いふ》を込めて〝アルガントの黒狐《くろぎつね》〟などという呼ばれ方をすることもある。

アルガント国内においても、先のカマラサの言ではないが、よき後継者に恵まれたと見る向きも強い。

だが、権力があればそこには闘争がある。

アルガントのすべての民がウィルフレッド帝の誕生に期待しているわけではないのだ。

特に、ウィルフレッドを皇太子に冊立《さくりつ》した父帝は病に倒れ、昏睡《こんすい》と覚醒《かくせい》を繰り返している。

そのような情勢下において、ウィルフレッドの皇位継承は盤石とは言えなかった。更には、この数年、各地を転戦していたために、宮廷における勢力図がどうなっているのかウィルフレドにも把握《はあく》できていないところがある。

だからこそ、軍の高級指揮官に反感を抱かれるような言動は慎《つつし》まねばならないことではあったのだ。

その意味では、ウィルフレドがカマラサたちを叱りつけたのは褒められた行為ではない。が、指揮官の無能さによって犠牲になった兵たちのことを思えば、あの程度の叱責《しっせき》で済ませただけ、まだ我慢をした方だ。

もっとも、そのためにマルセリナに道化めいたことをさせてしまったのは、情けのないことだ。

「本当に、いい加減にしておいてくださいね。お芝居とかそういうの得意じゃないんですから。まったくもう……」

「おや、そうだったのかい？　その割にはなかなか堂に入っていたじゃあないか。それとも、演技ではなくて本心だったということかな？」

からかいの言葉に、マルセリナがじろりと半眼を向ける。

「……ウィルさまって、こういうことになると意外と考えなしになりますよね」

「え？　なんだい藪《やぶ》から棒に」

「わたしが、この場で『そうです、演技ではなくて本心でした』と言ったらどうするおつもりなのです?」

「ど、どうって……」

「ほら、ご覧なさい。だから考えなしだと申し上げたんです」

口籠《くちご》もるウィルフレドに、勝ち誇ったようにマルセリナが言う。

「悪かったよ。これは貸しにしておいてくれ」

「あら。いいんですか、そんなこと仰って。意外と高くつくかもしれませんよ?」

クスリ、と微笑《ほほえ》みながらそう返すマルセリナに、思わずなにやら背筋が寒くなるようなものを感じてしまうウィルフレドであった。

＊

「けっ、獣姫だ!　獣姫が出たぞっ!」

戦場のどこからか、叫び声が響く。

その声を聞き、ウィルフレドは緩《ゆる》みかけた表情を改めた。

それはウィルフレドばかりではなく、カラマサすらも緊迫した表情で戦場を見渡している。

「あれか……」

ウィルフレドの視線の先には一つの影。

それは、人であった。

獣――狼のものと思われる毛皮を纏《まと》ってはいたが、尾もなく、爪もない。顔立ちははっきりとはわからないが、毛に覆われていることもなく、鼻が長いわけでも牙が生えているわけでもなかった。

亜人ではない。ただの人間だ。

しかも、被る毛皮から覗く体つきで、それが女――それも、まだ年若い少女であることがわかる。

だが、その眼でしかと見てもそれが信じられぬ心地のウィルフレドだった。

その一見なんの変哲もなく見える人間の少女が、一瞬にして五コルム（約十メートル）もの距離を跳躍し、長柄《ながえ》の武器の一振りでアルガント兵の集団をなぎ倒す。身体能力においては人間を遥かに凌《しの》ぐ亜人たちを、さらに凌駕《りょうが》していたのだ。

「なるほど……これが〝獣姫〟か」

驚嘆とも愕然《がくぜん》とも感心とも恐怖ともつかない呟きが、自然とウィルフレドの口から漏れていた。

戦場における彼女の存在感は際立っている。

彼女が亜人族の中でいかなる身分や立場であるのかはわからないが、敵味方を限らず戦場の注目を一身に集めてしまうその姿は、確かに彼ら獣の半身を持つ者たちの《姫》と呼ぶに相応《ふさわ》しい存在であるように思えた。

その登場は、波紋《はもん》のように戦場のあちらこちらへとざわめきと動揺を広げていく。

獣姫と直接対峙《たいじ》する部隊だけではない。戦場の端にいる兵さえも、その名に驚き、怯《おび》えを見せ始めていた。

「狼狽《うろた》えるな！」

ウィルフレドは声を張り上げた。

怯えを見せた軍隊は驚くほどに脆《もろ》いものだ。そして、大軍であればあるほど、崩壊の速度は加速度的に増していく。

ウィルフレドは兵を預かる者として、そのような状況を見過ごすわけにはいかなかった。

「いかな勇者、あるいは物《もの》の怪《け》の類《たぐい》だとしても、ただの一人ではこの戦況を覆《くつがえ》すことなどできはしない！」

もちろん、後方に控えるウィルフレドがどれほど声を張り上げたところで、戦場の隅々にまで声を届けるなどできはしない。

だが、少なくとも本営にいる者たちを我に返すことはできる。

呆然と獣姫を眺めていた本営の中級指揮官たちは、雷にでも撃たれたかのようにはっと身を固くし一斉にウィルフレドを見た。

「カマラサ卿。配下の者を各地へ走らせ、兵の動揺を抑えるように伝えよ」

「御意」

厳《いかめ》しい顔つきで命じるウィルフレドにさすがのカマラサも表情を硬くする。

配下の者を呼び寄せ命令を伝えるカマラサを尻目に、ウィルフレドは縦横無尽に戦場を駆ける獣姫に視線を戻す。

そして、彼女の姿をよりはっきり見ようと一歩前へと踏み出す。

その様子に慌てた声を出したのはマルセリナだった。

「ウィルさま……！　い、いえ、殿下。お下がりください、危険です」

「たかが一歩のことで大袈裟だよ、マルセリナ」

「その一歩が生死を分けることもあります。敵に姿を晒《さら》せば、起死回生を狙《ねら》って強引な突撃をしてこないとも限りません」

杓子定規《しゃくしじょうぎ》な物言いをするマルセリナにウィルフレドの口から苦笑が漏れた。もっともそれは、マルセリナの言葉が的外れであるからではない。

「私としては、見つけて欲しいと思っているのだけどね。敵の意図がはっきりしているほうが、こちらとしても対策が立てやすい」

ウィルフレドたちが立っていたのは小高い岩山——というよりは、巨大な石塊がいくつも積みあがってできた背の高い台座のような場所であった。

戦場を見渡し、状況を確認するのにお誂《あつら》え向《む》きの場所だ。この岩山が、ウィルフレドがここを主戦場と定めた理由のひとつでもあったのだ。

だが、逆に言えば、それは戦場のどこからでも姿を見出《みいだ》されるということでもある。

「……っ⁉」

「殿下、いかがいたしました？」

唐突に身を震わせ、半歩ほど後ずさったウィルフレドに、マルセリナが怪訝《けげん》な表情を向けた。

「いや……どうやら、獣姫に見つかったようだ」

ウィルフレドの位置からでは、未だ小指の爪ほどの大きさにしか見えない獣姫の姿であったが、その瞳が自分を捉《とら》えていたのをウィルフレドは確信していた。

元より戦場を見渡せる場所に、派手な鎧《よろい》兜姿で立っているのだ。敵の標的となることは覚悟の上ではあった。それでもなお、獣姫が遥か彼方《かなた》から見せた視線の鋭さ——その迫力とでも言うべきものがウィルフレドの体を震わせた。

「ですから危険だと申し上げたのです。とは言え、これほど距離が離れていては噂の獣姫も何ができるわけでもないでしょうが……」

「さて、それはどうかな。先入観で物を言うのは、敵に一歩近づくことより遥かに危険なことだと思うよ？」

ウィルフレドには何かの確証があったわけではなく、予言めいたことを言うつもりもなかった。一般論としての心構えと、先ほど獣姫から感じた迫力とが、自然とウィルフレドの口を開かせていただけだ。

だが、同時にあり得ないことではないと感じてもいた。

だからこそ、というべきなのだろうか。

「オ前、長《オサ》カ⁉」

獣姫が目の前に降り立ち、たどたどしいアルガント語で問いかけてきた時も、本営に侍《はべ》る将兵たちのような動揺をみせることはなかった。

ウィルフレドが獣姫の問いかけに即座に応《こた》えられなかったのは、半ば以上感動していたせいだ。

遥か彼方にいた獣姫だが、その俊敏《しゅんびん》さと跳躍力とで、帝国兵の集団をすり抜け、飛び越え、瞬く間にウィルフレドたちのいる本営へと迫った。そして、ウィルフレドの立つ岩山を駆け登ってきたのだ。

言葉で言うほど簡単なことではない。特に岩山など、ウィルフレドたちの背後からならば比較的緩やかな傾斜となっているが、正面側は垂直と言っていいほどの絶壁だ。そこを獣姫は易々《やすやす》と登ってきた。これが人間に許された御業《みわざ》なのかと、ウィルフレドは立場も忘れて感動してしまっていたのだ。

「オ前、殺スッ！」

獣姫は叫ぶなり手にした武器を構えた。まだウィルフレドとの間には、数コルム（数メートル）の距離が開いていたが、彼女にしてみればないも同然の距離だろう。

「殿下、お下がりください！」

素早くマルセリナが二人の間に割って入ろうとする。そんな彼女をウィルフレドは制した。

「いや、マルセリナ。ここは私に任せてほしい」

「そんな……！　殿下の御身を危険に晒すような真似《まね》ができるわけありません！」

「大丈夫だよ、姉さん。それとも、皇太子として命令した方がいいのかい？」

「ウィルさま……」

穏やかな表情ではあったが、ウィルフレドの意志が固いことは、付き合いの長いマルセリナにはよくわかったのだろう。渋々といった表情ではあったが、ウィルフレドの後ろへと下がっていく。

「失礼、お待たせしてしまったね」

ウィルフレドは改めて獣姫と向き合った。

見れば見るほど、あの異常な身体能力が信じられなくなる。

顔立ちは幼く、おそらく十五になるかならぬかといったところだ。背は低く、体の線も細い。発育の度合いは、同年代の少女に比べてもやや遅れているくらいだろう。

「――私がウィルフレド・デ・アルガントだ。君の想像通り、この軍の指揮を任されている者だ」

「……っ⁉」

獣姫が目を見開き、驚愕《きょうがく》する。

ウィルフレドが口にしたのは、彼ら亜人の言葉だったのだ。亜人を見下す人間の口からその言葉が出るとは、獣姫も思わなかったのだろう。

「……我々《フ・ボホル》の言葉を話せるのか？」

「よかった、通じているみたいだね。私は、他国と戦《いくさ》をする時には、まずその国のことを知ることにしている。言語、地理、生活、文化。なかなかすべてを知ることは難しいけど、とりあえず言葉がわかれば、敵が何を言っているのかわかるし、現地の人間に騙《だま》されることも少なくなる」

「……なるほど。〝黒狐〟などと呼ばれるだけあって、小賢《こざか》しく頭が働くのだな」

「へえ……。〝アルガントの黒狐〟の名はこんなところまで届いているのか。光栄だと言うべきなのかな？」

ウィルフレドはにこやかに微笑みながら獣姫と会話を続けた。

武器を手にすることもなく、両手を軽く広げてすらいる。

その態度にはさすがの獣姫も異常なものを感じ取ったのか、表情に怪訝なものが浮かんでいた。

「随分と余裕なのだな。獣ふぜいと甘くみているのか？」

と獣姫は口にするが、やはり近くで見ても彼女から亜人らしい獣のような特徴は一切見られなかった。

「まさか。むしろ、恐れているからこそなのだけどね。私が武器を手にしていたら、君は警戒するだろうし、落ち着いて話をすることもできないじゃあないか」

「話すことなど何もない！　用があるのはお前の首だけだ！」

「私の首に大した価値があるとは思えないけどなあ」

忌々《いまいま》しげに歯を剝《む》き出《だ》しにして叫ぶ獣姫に、ウィルフレドは呑気な口ぶりで告げながら大きく両手を広げた。

少しでも気を逸《そ》らさなくてはならない。

いきなり飛び掛かって来られては台無しだ。

「私が死んでも別の人間が指揮官となって君たちと戦うだけだよ」

「ならば、その者の首ももらうだけだ」

「それをいつまで続ける気だい？　この地上から人間がいなくなるまでかな？」

「お前たちニンゲンが、我らの土地からいなくなるまでだ！」

頑《かたく》なな獣姫の言葉にウィルフレドは眉を寄せる。

「その程度の結末がお望みならば、こんな不毛な戦いを繰り返す必要などどこにもないと思うけどね。他にいくらでも方法はあるだろう？」

「我らの土地を侵《おか》したのはお前たちだ！　よくもぬけぬけとそんなことが言えたものだな！」

「ああ、そうだね。まったくもってその通り。だが、すべての人間がまったく同じ考えを持っているわけではないし、親が始めたことを必ずしも子が引き継がねばならないわけでもないよ」

「な、何が言いたい……？」

「私は君たちに恨みなどないし、君たちの土地を欲しがっているわけでもないということさ。そしてそれを、君に知って欲しいということでもあるね」

ウィルフレドの言葉が理解できぬのか、それとも理解できたからこそなのか、獣姫の動きは明らかに散漫になっていた。

「つまり――」

ウィルフレドは一歩を踏み出し、獣姫へと近寄る。

「私と君とが手を取り合う未来があってもいい、ということだよ」

「そ……そんな言葉に惑《まど》わされるものか！」

言葉とは裏腹に、獣姫は明らかに動揺していた。

ゆっくりと彼女に近づいていくウィルフレドは、彼女の眼から見れば隙《すき》だらけで、何の苦もなく首を刎《は》ね飛《と》ばすこともできただろう。

だが、それにも拘《かか》わらず、獣姫は近づいてくるウィルフレドに怯えているかのように、じりじりと後ずさってゆく。

いつの間にか獣姫は、断崖の際まで追い詰められてしまっていた。

「もちろん、ことがここに至ってしまった以上、そう簡単に事態を収束できるとは思っていない。だが、その意志があるかないかは大きな違いだ。少なくとも私は、父帝とは違い君たちと戦うことをよしとしていない」

「し、信じられるわけがない！　一方的に攻め入り、我らの土地と生活を奪ったのはお前たちなのだからなっ！」

「……どうしてもかい？」

「当たり前だ！」

「そうか、それは残念だ」

言葉と共に、ウィルフレドの表情からふっと感情が消えた。

「いいぞ！　やれ！」

ウィルフレドの号令とほぼ同時に、どこからか衝突音が聞こえて来た。金属と金属が激しくぶつかる音だった。

直後、ウィルフレドと獣姫の立つ地面が消えた。

正しくは、崩れ去った。

先述の通り、この高台は巨大な石塊が積みあがってできたものであったのだが、その頭頂部、先端にあった石塊が、ぼろりと周囲から剝《は》がれ落《お》ち、落下していったのだ。

「──⁉　──！」

さすがの獣姫も不意のこの状況には対処できず、言葉にならない叫びを漏らしながら遥か下方に見える大地へと石塊と共に落下していった。

「ウィルさまっ⁉　ウィルさまぁあああああっ！」

マルセリナの悲痛な叫びが木霊《こだま》した。

彼女からすれば当然のことだ。ウィルフレドも獣姫共々、崩れた石塊の上に乗っており、地面へと向けて姿を消してしまったのだから。

──が。

「そんなに叫ばなくても聞こえているよ、姉さん」

ウィルフレドの声はすぐ近くから聞こえた。

いつからそうなっていたのか、ウィルフレドの体には太い革紐《かわひも》が結び付けられており、後方にいる馬と繋《つな》がっていた。崩れた岩場のすぐ先で、紐に吊《つ》るされていたのだった。

「ウィルさま！　なんて……なんて真似を……！」

顔面を蒼白《そうはく》にしたマルセリナは、声を震わせそれを言うのがやっとの様子であった。

慌《あわ》てふためいたマルセリナと、周囲の兵たちの手によりウィルフレドは引き上げられた。

未だに口をぱくぱくと開閉するだけで、何を言うべきか迷っている様子のマルセリナに、ウィルフレドは軽く肩を竦めながら口を開く。

「ふう……自分で仕込んだこととはいえ、さすがに肝《きも》が冷えたよ」

「あ、当たり前ですっ！」

唐突に岩山の先端部が崩れたのは、石塊が積み重なっている構造であるこの岩山を見て、ウィルフレドがあらかじめ仕込んでおいたものだった。

先端部の岩を支えている部分に楔《くさび》を打ち込んでおき、合図と共にそこに待機させた兵がハンマーで楔を更に打ち込んだ。それによって、鳥の嘴《くちばし》のように出っ張っていた部分だけを崩落させたのだ。

「本来なら、登ってくる最中の敵に落とす想定だったのだけど、さすがに獣姫と呼ばれるだけのことはある。まさかあんな短時間で頂上まで登って来られるとは思わなかったよ」

「だからと言ってウィルさまが囮《おとり》まがいのことをしなくとも……」

「そうかい？　囮として最適なのは私だと思うけど？」

当然のことのように口にするウィルフレドに、マルセリナは言葉に詰まった様子だった。彼女とて、ウィルフレドの言葉の意味は分かっているだろう。

「とにかく、もっとご自分の身を大切になさってください。心配するほうの身にもなってほしいです」

少し頬《ほお》を膨《ふく》らませて不満そうに呟く。

戦場で凛然《りんぜん》と立つ姿からは想像しづらい幼ささえ感じさせる表情だったが、ウィルフレドにしてみれば懐かしさを覚えるものだった。

「さて、獣姫の方はどうなったかな？」

「この高さです。さすがに死んだのではないでしょうか？」

「常人ならそうだろうが、あれだけの身体能力の持ち主だ。生きている可能性だってある。希望を言うなら、是非生きていてほしいね」

「わたしは、できれば死んでいてほしいと思っています」

冷ややかな口調で言うマルセリナに、ウィルフレドが告げたのは、より冷厳な事実だった。

「死ねばそれまでだよ、姉さん。生きているからこそ利用もできるってものさ。敵も――味方もね」

ウィルフレドは笑った。

幼い頃から共に過ごしてきたマルセリナにさえ、背筋に冷たいものを感じさせるような、薄ら寒い笑みであった。

無言で頷《うなず》くマルセリナに対し、ウィルフレドは改めて告げた。

「岩山の下で待機している兵に獣姫の捜索を命じてくれ。もし生きていたら、決して命を奪わないよう厳命するんだ」

「御意――」

『獣姫捕縛』の報がウィルフレドの元に届いたのは、間もなくのことであった。

*

今から四年前。

アルガント暦二五〇年のことだ。

アルガント帝国が亜人族の住む土地に侵攻を開始した。

だが、実のところ侵攻の理由は今をもって判然としていなかった。

唯一《ゆいいつ》はっきりしているのは、それが皇帝の決断であったということだけである。

皇帝ディエゴI世は、若年の頃より鞍《くら》を枕として育った戦場の人であった。大陸屈指の戦巧者であり、野心の人でもあった。

皇太子時代にネアロ王国を攻め滅ぼしたのを皮切りに、即位してよりも周辺諸外国との戦に明け暮れ、領土を五割近くも増やしている。

もっとも、国家の規模拡大が戦争目的であったのかどうかは、議論の的になるところではあった。

ディエゴI世は、国内では〝猛虎帝〟と讃《たた》えられる一方で、難癖をつけるような外交によって半ば無理やり戦端を開いてしまうその強引さから、周辺諸国においては〝アルガントの餓虎《がこ》〟と呼ばれ忌み嫌われていた。

ディエゴ帝にとって重要なのは、戦とその勝利であり、それによって何が得られるのかなどに考えを巡らすことはなかったのだ――。

などと、評されることさえもあった。

だから、「辺境の亜人族を攻める」と皇帝が言い出した時も、「なぜだ？」と眉を顰める人間よりも「またか」とため息をつく人間の方が多かったのである。

「――だが、物事には限度というものがある」

ウィルフレドは独り言のように呟いていた。

アルガント軍が亜人族攻略の拠点とするサンマルカ要塞《ようさい》に帰還したウィルフレドは、与えられた執務室でマルセリナと二人、杯《さかずき》を酌《く》み交《か》わしていた。

戦には快勝したとはいえ、ウィルフレドは戦場で采配を揮《ふる》うだけの立場ではない。やらねばならない実務は山のように残っているのだが、わずかな時間、気心の知れた者と羽を伸ばす程度の贅沢《ぜいたく》は許されるだろう。

もっとも、そんな場でありながら、口にする内容に政戦略が含まれてしまうのが、この二人らしいと言うべきだろうか。

「さすがの皇帝陛下とはいえ、ただ戦をしたいがためだけにこの辺境まで軍を進めるのは効率が悪すぎる」

アルガント帝国は大陸の西端の国家であり、領土の西と南が海に面していた。西の海は広く、その果てに人が到達したことはないが、南の海の先には別の大地が広がっていることがわかっていた。

その南の大地が、亜人たちの住む土地である。

海を渡った先の大陸とはいえ、南北の大陸を隔てるサンマルカ海峡の内、両者が最も接近している場所を渡れば、二日足らずの距離ではあった。

「海を渡るためには船や水夫を用意しなくてはならないし、その分だけ金も時間もかかる。噂されているように、戦をすること自体が目的だとすれば、何もこんなところまで来る必要はない」

ただでさえディエゴI世は、その強引な施策によって諸外国との溝が深い。未だ煙がくすぶったままになっている国境地帯の争いもある。そちらとの間に戦端を開いた方がよほど効率的ではあった。

もっとも、戦争を引き起こすことを《効率的》などと語ってよいのならばの話ではあるが……。

「では、ウィルさまは他に何か理由があるとお思いなのですか？」

「《思っている》というよりは、《思いたい》というのが本音かな」

マルセリナの問いかけに、ウィルフレドは自嘲気味《じちょうぎみ》の笑顔で答える。

「自分たちがこんな不毛な争いを強いられていることが一個人の趣味によるものだなんて、正直思いたくないね」

皇太子とはいえ不敬に過ぎる物言いではあった。が、彼がぼやきたくなるのも無理はないのかもしれない。

この後、ウィルフレドは軍と共に帝都に帰還する予定となっているのだが、これが実に二年ぶりの帰郷となる。この二年の間、ウィルフレドは各地を転戦し、諸外国の軍勢や、叛乱《はんらん》を起こした地方領主たちと戦い続けてきたのだ。

これほど騒乱が集中してしまったのには理由がある。

二年前、ディエゴI世が突然の病に倒れたのだ。

原因は不明、病名すらもわからないという有様《ありさま》で、医師団もすっかり匙《さじ》を投げてしまっている。

はっきりとしているのは、極めて重い病であることと、それ以来ディエゴI世が長時間の昏睡とわずかな覚醒を繰り返すだけの寝たきりの生活となったということ。

この病の報は、国内だけでなく周辺諸国をも震撼《しんかん》させた。

良くも悪くも巨大な影響力を持っていた皇帝の病臥《びょうが》が、各地の反帝国勢力の活性化につながったのである。

それは、飛び地であるこの南大陸においても同様だった。

四年前、電撃的に侵攻を開始したディエゴI世は、瞬《またた》く間にいくつかの亜人の集落を攻め滅ぼすと、南大陸攻略の足掛かりとして、今ウィルフレドたちの駐留するサンマルカ要塞を建設した。

だが、ディエゴI世は、本国の騒乱に追われ要塞完成を待つことなく北大陸に帰還し、結局そのまま病に伏すこととなった。

皇帝の病臥の後、当然ながら本国は混乱の極みとなり、遥か辺境の地にある要塞は半ば忘れられた形となっていた。

放置されていたサンマルカ要塞と対亜人戦線であったが、ここにきて亜人族の攻撃が激化してきたために、急遽《きゅうきょ》ウィルフレドが海峡を渡ることになったのだ。

先の一戦も、サンマルカ要塞攻略を目論《もくろ》んで亜人族が北上してきたのを察知し、その意図を阻《はば》むために帝国も軍を出したのが経緯《けいい》である。

その戦において、ウィルフレドは亜人族を翻弄し、手痛い逆撃を加えることに成功した。亜人族全体の規模がどの程度なのかまだ判然としていない部分もあるのだが、これまでの四年で得た情報からすれば、すぐさま大規模な軍事行動を起こすのは難しいほどの打撃を与えられたはずだ。

「かの獣姫も捕虜《ほりよ》としましたしね。亜人族《バズ》としてはかなりの痛手ではないのでしょうか。これで亜人族《バズ》の間にもウィルさまの名が轟《とどろ》いたことでしょう」

マルセリナは我がことのように自慢げに胸を張る。

ウィルフレドとしては苦笑が出るばかりだ。

「とは言っても、〝獣姫〟は我々人間が勝手につけた名だからね。彼女が亜人族《バズ》の中でどれほどの立場にいるのかはわからないよ」

獣姫の名は、戦場における活躍——アルガント側から見れば脅威《きょうい》——によって、アルガント兵の中から自然と広まった名であった。

彼女の能力が並みの亜人たちよりも頭抜けていたためについた名ではあるが、彼女が純粋な人間であったため、半獣の者たちよりも立場が上の者だろうという、差別的な見解が根底にあったことも否《いな》めない。

何にせよアルガントでの呼び名であることに違いはなく、実際に《姫》の名で表されるような指導的立場、あるいは象徴的立場にいるかは定かではなかった。

「どちらかと言えば逆だと思っている」

きっぱりと言ってのけたウィルフレドに、マルセリナは少し首を傾《かし》げた後、訊《たず》ねた。

「根拠を伺《うかが》ってもよろしいですか？」

「根拠は今日の特攻かな。獣姫の意図は明確だ。私の首を獲《と》りに来たというよりも、その行動自体によって帝国軍を混乱せしめ、友軍が撤退する時間を稼《かせ》ぐことが主目的だったのだろう。私たちの感覚からすれば、《姫》と呼ばれるような立場の者がするべき行動ではないね」

「高貴なる者の義務として最も危険な任務を買って出た……という可能性は？」

「ない、とは言えないかな」

亜人の中での《高貴なる者》の定義はわからないが、例えば原始的な能力主義——つまり、殴《なぐ》り合《あ》って一番強い者が王様というような体制——であった場合、最も上位の者が最も対人戦闘能力が高いことになる。

そうなれば、獣姫の突撃も『最も危険な任務だから、最も能力の高い者がする』となり、理《り》に適《かな》っていると言えなくはない。

「だけど、獣姫がある程度の決定権を持つ者だったなら、もっと早く前線に出てきていただろう。あれでは、捨て駒になるために出てきたようなものだよ」

「獣姫が捨て駒にされたということですか……！」

「《捨て駒にされた》というよりは、彼女自身が自分の立場を上げるために強引な手法に出た、というほうが近いんじゃあないかな」

「それでは、獣姫の身柄を交渉の材料などとして活用するのは難しいかもしれませんね。せっかく捕えたというのに残念です。生かしておけば後の禍根《かこん》ともなりかねませんが、どうなさいますか？」

冷徹な顔つきで淡々と言うマルセリナ。彼女も決して武断的な人物ではないのだが、武人は武人というべきか。

「獣姫の亜人《バ》族《ズ》内での身分や立場がどうあれ、彼女が亜人《バ》族《ズ》陣営にとって重要な戦力であったことは確かだ。まったく役に立たないということもないだろう」

ウィルフレドは微笑をもってマルセリナに応える。

「それに――和平を結ぶ時のことを考えれば、彼らから余計な恨みを買う要素は極力排除したい」

「和平……ですか？」

ウィルフレドの言葉にマルセリナは何度か瞳を瞬かせた。彼女にしてみれば意外な言葉であったのだろう。

「亜人《バズ》と和平を結ぶのは、おかしいかい？」

「いえ……」

と、マルセリナは言葉を濁したものの、納得している風でもない。

「皇帝陛下には何か考えがあったのかもしれないけど、その考えを明かさずに昏睡状態になってしまっている。少なくとも現状、アルガント帝国にとってこの土地に拘泥《こうでい》する理由は何一つないと言っていい」

きっぱりと断言するウィルフレドの言葉に、マルセリナが小さく頷いた。

「戦略的に無価値な土地というのはわかります」

「政治的にも、だね。ここに入植《にゅうしょく》しようとすれば、数十年がかりの大事業にならざるを得ないし、そこまでやって見返りがあるかどうかもわからない。そんな土地だから、恩賞《おんしょう》にも向かない。諸侯や騎士たちの中には、下手《へた》に手柄を立ててこの辺境に封じられることになったら大変だと考えている手合いもいるんじゃあないのかな」

そこまで口にしたところで、ウィルフレドは自分の言葉に何か感じるところがあったのか、「ああ、そうか」と妙に納得した声を上げた。

「カマラサたちが亜人族《バズ》に苦戦していたのも、そのあたりが理由なのかな？」

「まさか……と思いたいところですが……」

マルセリナの表情は暗い。帝国軍人としては否定したいものの、カマラサたちサンマルカ要塞駐留軍を実際にその目で見た後では、はっきりと否定できる自信がないのだろう。

そんな彼女にウィルフレドは笑いかけた。

「まあ、さすがに穿《うが》ちすぎだろうね。カマラサたちが苦戦していたのは、単に彼らが無能であるか、想像以上に亜人族《バズ》が精強な軍勢であるか、その両方か。そんなところだろうさ」

マルセリナは重苦しいため息をつきつつも頷いた。

「それもあまり歓迎できる事態ではありませんが……確かに、亜人族《バズ》の精強さは今日の一戦だけでも充分に感じ取ることができました」

「うん。だからこそ、致命的な被害を受ける前に、亜人族《バズ》との戦いには決着をつけてしまった方がいい」

「では、亜人族《バズ》との戦いはお止《や》めになる、と」

「そうしたいのは山々だけど、私の立場では《誰《だれ》と戦うか》を決める権限はないからなあ……」

ウィルフレドは憮然《ぶぜん》とした表情となり、皇子らしからぬ乱暴な仕草で、ぐいっと葡萄《ぶどう》酒《しゅ》を呷《あお》った。

直後、ウィルフレドの顔がますます渋面となる。

「……不味《まず》い」

思いの外、酒が不味かったのだ。

別段、美食家を気取るつもりもないウィルフレドだが、《勝利の美酒》くらいはもう少し美味《うま》い酒を呑《の》みたいと思ってしまう。

もっとも、本国から海を越えて輸送しなくてはならないのだから、満足のいくものがないのは仕方がない。しかし、酒が不味いくらいならばよくある不平不満のひとつで済んでしまうが、食事が滞ったり矢玉の数が足りなかったりなれば、それは戦線維持も覚《おぼ》束《つか》なくなる。

このような環境で戦い続けねばならないのだから、将兵たちも苦労が絶えないだろう。

(少なくとも、私が帝位に就《つ》いたら、こちらの大陸は放棄してしまおう)

そう決心するウィルフレドの口から、思わずといった調子で言葉が漏れていた。

「いっそのこと、ディエゴ帝が倒れた時、すぐに死んでいてくれたらよかったな」

「……！　ウィルさま！　滅多なことを言うものではありません！」

「冗談だよ」

と口にして言うほど、ウィルフレドの表情は冗談とは思えなかった。

今のアルガント帝国には、皇帝が「やめろ」と言っていないからやめられない、というだけの理由で続けている施策が多すぎるのだ。

亜人族との戦いなどその代表例だ。

仮に二年前、皇帝ディエゴⅠ世が崩御《ほうぎょ》し、皇太子であるウィルフレドが戴冠《たいかん》していれば、先帝の施政を受け継ぐべきところは受け継ぎ、否定すべきところは否定し、少なくとも現状より国内の混乱は少なかったに違いない。

「ま、冗談にしても悪趣味だったのは認めるけど」

「どこに人の目や耳があるかわからないのです。不用意な発言はお控え下さい、殿下」

口調を改め、厳しい表情でウィルフレドを睨みつけるマルセリナ。

「そうだね、忠告はありがたく頂いておくとしよう」

ウィルフレドは小さく頷くと、不意に遠くを見つめる目つきとなって、皮肉げに口の端を吊り上げた。

「あの女性の目や耳は、思いの外遠くまで見え、小さな音さえも届くようだからね」

目下、皇太子ウィルフレドの最大の敵は、亜人族でもなければ周辺諸外国の軍勢でもなかった。

レオノール。

それが、ウィルフレドが最も警戒し、最も苦渋を呑ませられている相手の名である。

その人物が座すのは、他でもないアルガント帝国の帝都、さらにその中心地である皇城の中であった。

ディエゴⅠ世に寵愛《ちょうあい》された妾妃。

レオノールの立場を一言で表すならば、こうなるだろうか。

寵愛の語の前に、《極めて》や《異常なほどに》などを付け加えると、より実態に近くなる。

更に、より端的に現在の彼女の立場を伝えるのならば——。

後宮の支配者。

これが、最も彼女に相応しい呼び名だろう。

レオノールは《絶世の》とか《魔性の》などと形容される美貌《びぼう》の持ち主であり、『一目見れば息を呑み、声を聞けば恍惚《こうこつ》となり、微笑みかけられれば心を奪われる——』など、彼女の美しさを表す言葉は枚挙《まいきょ》に遑《いとま》がない。

だが同時に、その美しさがディエゴ帝と帝国を狂わせた——そう評す者も少なからずいた。

事の起こりは今より十五年前。

ディエゴⅠ世によって攻め滅ぼされたラストリア王国の王妃だったのが、このレオノールであった。

ディエゴⅠ世が強引に他国との戦争に踏み切るのは先に述べた通りだが、殊にこの対ラストリア戦争においては、些か強引にすぎた。

その理由がレオノールである。

ディエゴⅠ世は、ラストリアの王妃であるレオノールに心を奪われ、少しでも早くレオノールを己の物としたいがために、強引な方法でラストリアと開戦したのだ――。

――とは、巷《ちまた》に流れる噂の一つであり確証があるわけでもないが、信じる者も多い。

ディエゴⅠ世のレオノールへの寵愛ぶりがその噂に真実味を持たせていた。

ディエゴⅠ世が多くの妾妃を持った性豪であったことは先にも述べたが、レオノールが妾妃として後宮に入ることになった折、他の多くの妾妃が後宮を出ることになったのである。

「わたくしがいれば、他の妾妃など必要ございませぬでしょう」

と、レオノールが言ったとか言わなかったとか。

今となっては誰の意志であったのかは定かではないが、その際に多くの妾妃が後宮から出されたのは揺るがすことのできない事実である。

その多くは、配下の貴族諸侯に《下賜《かし》》されていた。

ウィルフレドの母ナサレナもこの時に後宮を出された妾妃の一人である。

その母を与えられたのが、かつての名将シンクトバル・デ・メルディエタであった。

後宮を出た妾妃のほとんどは、どこかの貴族の愛妾となったのだが、既に妻を亡くしていたシンクトバルは、ナサレナを正式な妻として迎えたのだった。

その時、ウィルフレドも母と共に皇宮を去ることとなった。

後宮を出た妾妃の子の中にはそのまま皇宮に残った皇子もいたのだが、それも継承権が上位の者ばかりで、第十三子であり第七皇子であるウィルフレドは残留を望まれなかったのである。

そのおかげで、ウィルフレドは名将の元で育つことができたとも言える。

「正直、この点に関してはレオノール妃に感謝しているくらいだ」

と語るように、ウィルフレドはシンクトバルの子となったために、皇子にはそぐわない市井《しせい》の子供のような暮らしを経験できたのだ。

騎士の子と共に剣を学び、従士と共に戦術を学んだ。

当時、シンクトバルは既に隠居同然の身であったが、彼を慕《した》う多くの文官武官が屋敷に訪れ、政治に戦略に激論を交わしていた。

その暮らしがあったからこそ、周辺諸国を手玉にとり〝黒狐〟などと揶揄《やゆ》される今のウィルフレドが出来上がったとも言える。

その生活が激変したのは、四年前のことだ。

当時の皇太子は第四皇子ドロテオであったが、第五皇子エドガルドと第六皇子ファビオが相次いで亡くなったため、第七皇子であるウィルフレドにも帝位継承の可能性が出てきたのだ。

ウィルフレドは将軍の子ではなく、皇子として育てられるために皇宮へと上がった。

そして、二年前。

皇帝が倒れるほんの二箇月前にドロテオも死に、ウィルフレドが皇太子となったのである。

これほど皇子の死亡率が高いのは、ディエゴⅠ世の教育方針のせいでもあった。

皇太子時代より戦場を駆け巡ってきたディエゴは、自らの子供にも同じことを求めたのだ。それも、《皇子に戦場を経験させる》だけにとどまらず、戦場においては武人であり指揮官であることを求めた。

その過酷《かこく》な方針に応えたのが、ウィルフレドということになる。

今のところは――、という注釈つきではあるのだが。

しかし、ウィルフレドはただ父の要求に応えただけでなく、その昏倒の後に皇帝の代理として各地に赴き、軍を統帥《とうすい》した。彼がいなければ、周辺諸国によって国境線をかなり手前まで書き換えられていただろうことは誰しもが認めるところである。

この活躍に臍《ほぞ》を噛《か》んだのが、レオノールだった。

レオノールはディエゴI世との間に皇子を一人産んでおり、自分の子である第十三皇子モデストを帝位につけようと躍起《やっき》になっている――。

「――と、噂されているけど、実際にはどうかな？」

「違うのですか？」

「わからない、というのが正直なところだね。社交の場で何度かお目にかかったこともあるけど、何を考えているのかよくわからない人だったよ」

「わたしは直接お会いしたことはありませんが……どのような方なのです？」

「そうだねえ……レオノール妃を見ていると、神がこの世に存在するとしたら、こんな感じなのかなと思う」

「神……」

あまりにも大袈裟なウィルフレドの表現に、マルセリナはしばし呆然とする。

「た、確かにレオノール妃は、美の女神も斯《か》くやと言われるほどの美貌とお聞きしてはいますが……正直、それほどの美貌の持ち主が本当にいるのかと疑ってしまいます。ディエゴ陛下のご寵愛を受けた美姫ということで、大袈裟になりすぎているのではないのでしょうか」

真面目《まじめ》な顔つきでそう言うマルセリナに、ウィルフレドがくすくすと笑いかける。

「おやおや。珍しいね、姉さんが嫉妬《しっと》するなんて」

「しっ……⁉　ち、違いますっ！　嫉妬なんてしていませんから！」

からかいの言葉に、顔を真《ま》っ赤《か》にしながら反発したマルセリナは、やがて拗ねたように頬を膨らませた。

「仮に嫉妬するとしても、それはレオノール妃の美貌にではありませんからね」

「どういうこと？」

「ウィルさま以外の誰かが、あの方の美貌を褒めそやしたとしても何も感じたりしないということです」

そう言われてしまうと、ウィルフレドとしても言葉が出ない。困ったように曖昧《あいまい》な苦笑を浮かべながら頭を掻《か》くばかりだった。

「まあ、レオノール妃の美貌についてはさておくとして――」

と、あからさまに話を逸らそうとする。マルセリナからはじろりと半眼で睨みつけられてしまったが、ウィルフレドはそのまま話を続けた。

「別にレオノール妃の美しさを否定するつもりはないが、私が彼女を《神のようだ》と思うのは容姿についてではないんだ」

「と、言いますと？」

「一言で言い表すのは難しいんだけど……レオノール妃は常に何事にも関心を持ってい

ないような雰囲気でね。それは、自分の子であるモデストや二人の皇女に対してもそうなんだ。あの人が、自分の子供を帝位につけたいがために、他者を排除しようとしているとか、ちょっと私には信じられないな」

ゆっくりと首を振るウィルフレドの表情には、どこか諦観《ていかん》の念が含まれていた。

「あの人の美しいけれど無機質な顔を見ていると、俗世界を遥か高みから見下ろしている神という存在は、こういう表情で我々を見ているのかな、と思わされるよ」

「レオノール妃がそのようなお方だったとしても――」

不快げに眉をよせるマルセリナは、ウィルフレドから目を逸らし、続ける。

「あの方のせいでウィルさまがご苦労なされているのは変わりません」

「まあ、ね」

そうはっきりと言われては、ウィルフレドは苦笑しか出ない。

実際、マルセリナの言う通りではあった。

この二年、ウィルフレドが帝都を離れて転戦しなくてはならなかったのも、レオノールの意向によるところが大きい。

「ま、実際にはあの人というより、その周囲の人間だろうけれど」

ウィルフレドは皇太子ではあるが、皇宮での立場は決して強いものではなかった。

ウィルフレドの辛《つら》いところは、幼少期から十年以上を皇宮外で過ごしたために、宮内の有力者との間に良好な関係を築くことができなかったことだ。

貴族諸侯の多くはレオノール派であると目《もく》され、ウィルフレドの味方だとはっきり言えるのは、養父シンクトバルの子（つまり、マルセリナの父）であるメルディエタ伯くらいのものだった。

この二年の転戦も、皇宮で政務を取り仕切る宰相《さいしょう》の要請《ようせい》であり、要するに「戦場で敵に殺されてくれれば後腐《あとくさ》れがない」といったところだろう。これを断れば、皇太子としての責務を放棄したと言われかねない。最悪の場合、廃位を迫られる可能性もある。

ウィルフレドは己の立場と命を守るために死力を尽くして戦場を駆け抜けねばならなかったのだった。

「その日々にもようやくひと段落ついた……と思いたいが」

「……本当に帝都に帰れるのでしょうか？」

ウィルフレドが重苦しいため息と共に口にすれば、マルセリナも不安げな表情で問いかけてくる。

彼女が不安に思うのも無理はない。現に、この南大陸へ渡ることが決まったのは、東のグロース王国との戦いを終えた、帝都への帰路であったのだ。

「さてね。こればかりは宮廷の連中の胸三寸かな」

肩を竦めながら投げ遣《なや》りな口調で言うウィルフレドだったが、その直後、表情を曇らせた。

「ここまで来ると、帝都に帰るのも恐ろしいけどね。二年も皇宮を留守にしていれば、レオノール派の者たちがさまざまな工作をする時間もあっただろう。それに、これまで執拗《しつよう》に私を帝都に近づけようとしなかったのに、ここで帰還が叶《かな》ったなら、それは私を排除する準備が整ったからだとも受け取れてしまう。帝都に帰り着いた時、皇宮から一体なにが飛び出してくるのか――」

どうせろくでもないものに決まっているけど。と、遥か北の皇宮にいる者たちへ冷笑を向けるウィルフレドだった。

「帝都にいる者すべてがウィルさまの敵とは限りません。父もおりますし、懇意《こんい》にしている諸侯もおります！」

「うん。メルディエタ伯には私も期待している。ただ、あの人も根は武人だからね。宮中での闘争は分が悪いかもしれない」

兵部《ひょうぶ》侍官《じかん》というのがマルセリナの父、メルディエタ伯ミゲルの官位である。軍事の最高責任者である兵部卿の補佐をする役回りであり、武官の人事、軍団の編成、兵站《へいたん》の手配などを主な任務とする。

権限は強いものの基本的には裏方の仕事であり、メルディエタ伯の本心としては帝都で事務仕事をするより野で馬を駆けさせたいことだろう。

「そのあたりを突かれて、帝都から追い出されてなければいいけど」

直接、軍団を指揮して敵軍と戦うのは兵部侍官の役職には含まれていない。

だが、だからこそ武人肌であるメルディエタ伯は、その機会を与えられれば戦場へと繰り出してしまうかもしれない。

レオノール派の者にとっては、ウィルフレド最大の擁護者《ようごしゃ》を帝都から離すことができて、宮中でやりたいほうだいできるというわけだ。

「う……」

郷里《きょうり》の父を思い出しているのか、マルセリナの表情はなんとも複雑だ。

「せめてお祖父《じい》さまがいらして下されば……」

かつての名将シンクトバル・デ・メルディエタは、既に帝都にはいない。遥か離れたメルディエタ伯爵領のさらに片田舎《かたいなか》の荘園《そうえん》にて、妻——つまり、ウィルフレドの母と隠居生活に入っている。

契機になったのは、ウィルフレドの立太子であった。

「自分のような立場の者が皇太子の傍《そば》にいても、余計な混乱を招くだけで帝国のためにならない」

というのがシンクトバルの主張である。

実際、皇帝や皇太子の縁者《えんじゃ》であることを利用し、宮中での権力を増大させようとする野心が国家を存亡の危機に立たせたこともあるのだから、シンクトバルの考えは間違っていない。

シンクトバルが帝都を去った時には、その清廉潔白《せいれんけっぱく》さを賞賛されもしたものだ。

そういった人物であるからこそ、マルセリナもウィルフレドも、祖父であり養父である、かの人物を尊敬するのだが――。

「確かに、親爺《おやじ》殿が帝都にいてくれれば、私ももっと気楽に帰ることができただろうね」

それがウィルフレドの本音ではある。

「だが――」

と言葉を切ったウィルフレドの表情は、硬く、強く、決意と覚悟に満ちていた。

「〝かつての名将〟なんて名声に頼らなければ帝位を継げないというのであれば、最初から私に皇帝など荷が重かったということだ」

「ウィルさま……」

マルセリナは、沈痛な面持ちで不安げにウィルフレドを見た。彼女を安心させようとするかのようにウィルフレドは表情をわずかに緩めて口を開く。

「大丈夫。状況は厳しいが、勝機がないわけじゃあない」

とは言ったものの、ウィルフレドの言葉はまるで自分に言い聞かせているようなものであり、自分でもどこまでその《勝機》を信じているのか、定かではなかった。

「幸い……と言っていいのかわからないけど、今の帝国と周辺諸国とは、建国以来最悪と言っていいほど敵視しあっている。そのような時に望まれるのは、国を守りぬける皇帝——つまり、戦に強い皇帝だ」

ウィルフレドとレオノールの子モデストの外に帝位継承権を持つ皇子は複数存在するが、実質的には二人の一騎打ちに近い。

皇帝が多くの時間を眠って過ごしている今、皇帝の意志とはすなわちその周囲にいる者の意志である。「皇帝がこう言っていた」と、寝所に侍るレオノールや政務を司《つかさど》る宰相などが言えば、それを否定する材料がない。

仮にウィルフレドが立太子するより先にディエゴI世が病に倒れていれば、《皇帝陛下の勅令《ちょくれい》》と言い張り、モデストを皇太子とすることも可能だっただろう。

即《すなわ》ち、ウィルフレドがモデストと対抗できる理由は、唯一、《皇帝ディエゴI世によって正式に認められた皇太子である》ことだけだったのだ。

だが。

「この二年での私の戦いは、貴族諸侯の認識を変えるのに多少は役に立ったはずだ。常勝の〝猛虎帝〟の後を継ぐのは、戦場において勝利を得ることのできる者が望ましい——そう考えてくれる中立派の貴族が半分……いや、三割でもいればレオノール妃の勢力とも充分戦える」

手にした杯を強く握りしめながら、ウィルフレドは決意するように言った。その言葉に対し、マルセリナが小さく吐息をつき頬を綻《ほころ》ばせた。

「安心しました」

「えっ？　そ、そうかい？　安心するには、私を取り巻く状況は厳しすぎると思うけれど……」

どちらかと言えば慎重論——別の言い方をすれば悲観的な物の見方をすることの多いマルセリナがそういう反応を見せるのは、少し意外だった。

ウィルフレドがきょとんとした視線を送っていると、マルセリナは微笑しながらゆっくりと首を振った。

「いえ、そういうことではなく……実は、ウィルさまについて、以前にお祖父さまから言われたことがあるのです」

「親爺殿から？　なんだろう、何か恐ろしいな」

ウィルフレドにとって養父シンクトバルは、この世で最も恐ろしいもののひとつだった。

誠実で公平だが厳格で、幼少時に叱られた記憶は未だに思い出すと震えが走る。皇太子になった今でも、彼の前に出ると自然と背筋が伸びてしまうのだ。

そのシンクトバルが言い残したこととは、一体何か。

気にはなるが、やはり恐ろしい。

「『ウィルフレド殿下の才覚は認めるところだが、気になるのは殿下ご自身に皇帝になる野心がおありなのかどうかだ』と。『どれほど才能に恵まれていようと、野心を持たぬ者が帝位につくことほど不幸なことはない』とも言っていました」

「…………」

「ディエゴ陛下がお倒れになった際に、『もし殿下にその気がないのならば廃位をお薦《すす》めしろ』と父宛に文を寄越《よこ》して来たこともありました。『一人の親王《しんのう》として生きていくつもりならば、レオノール妃たちも命まで奪おうとはするまい』と……」

「そう……か……」

ウィルフレドは、皇帝になるつもりだ。

異母弟モデストに――ひいてはレオノールに打ち勝ち、大帝国を統《す》べる支配者として立つ。

そう思っていたからこそ、この二年戦ってこられたのだ。

だが……。

皇帝になりたいかと問われると――言葉がでない。

幼少期より自分が皇子であることは意識させられてきたが、少なくとも皇太子に立《りっ》せられていなければ皇帝になろうとは思っていなかっただろう。

仮に兄皇子たちが生きていたとしても、権謀術数《けんぼうじゅっすう》の限りを尽くして足を引っ張り追い落とし、自分が彼らの上に立とうとは思わなかったに違いない。

状況に巻き込まれただけ。夜の海で大嵐に巻き込まれたようなこの状況で、溺《おぼ》れないことだけを考えて、足掻《あが》きもがいているだけ。

そう感じる自分も確かにいるのだ。

溺れたくはないから、仕方なく――。

ウィルフレドが皇帝になろうとする理由は、そんなところなのではないだろうか。それは、野心でも目的でもなく、いわば単なる逃避であった。

なるほど。逃避の末に立った皇帝が頂点にいるのは、国民にとってはもちろん、本人にとっても不幸なことだろう……。

「お祖父さまの杞憂《きゆう》で本当に良かったです。今後とも、ウィルさまの栄達《えいたつ》のためにこの身を砕《くだ》き捧げることを誓います」

微笑むマルセリナに対し、曖昧に頷くことしかできないウィルフレドであった。

*

「ところで――獣姫の処遇はどういたしましょう？」

亜人族との戦いを終えた翌日。

ウィルフレドは、サンマルカ要塞の執務室で朝から数々の実務に追われていた。

夕刻近くなり、処理をするべき事柄に一通り決着がついた頃にマルセリナが訊ねてきたのだった。

マルセリナはウィルフレドの副官であり、時には軍団の副将ともなる武官だ。ただ、生真面目で几帳面な性格が向いているのか、秘書官的な役割を能《よ》くこなす。

それがマルセリナの負担を増やすのは承知しているのだが、ついつい彼女の勤勉さに甘えて秘書官として働くことを頼んでしまうウィルフレドだった。

「そうだね……」

と返事をしたものの、ウィルフレドはすぐには言葉を続けることができなかった。

獣姫の処遇は悩みどころだ。

今日の一戦で亜人族に痛打を与えることはできただろうが、だからといってこの一戦で彼らとの戦いが終わるわけではない。

むしろ、より敵意と憎悪を燃やして戦い続けるだろう。

そうなれば、獣姫の身柄は一層重要な要素となる。ウィルフレドとしては、戦い続けるにせよ、和平を結ぶにせよ、いくらでも活用方法は思いつくのだが……。

わずかの思案の後、ウィルフレドは小さく頷いた。

「うん。やはり、本国へ連れて行くか」

「本国へ？　ですが、獣姫の身柄はここにあればこそ活用できるもので、本国へ連れて行ってもあまり意味はないように思えますが……」

「姉さんの言うことはもっともなんだけどね。せっかく捕まえたのに、何の役にも立てずに殺してしまうのもつまらないじゃあないか」

ニコニコと微笑みながら、さらりと酷薄《こくはく》なことを言ってのける。さすがのマルセリナも鼻白んだようで、しばらく声も出せずにウィルフレドを見つめていた。

「あとは、個人的に彼女のことが気に入ったっていう理由もある」

「え……」

ウィルフレドが口にした言葉によって、マルセリナの表情が凍りついた。唇は《え》の形で動かなくなり、見開いたままになっている目もどこか虚《うつ》ろだ。

そんな彼女の様子にまったく気づいていないのか、ウィルフレドは嬉々《きき》とした様子で続ける。

「獣姫の身体能力の凄《すご》さは君も見ただろう？　あの力の源は何なのだろう。亜人《バズ》と共に暮らしたから培《つちか》われたものなのかな。何らかの技術なのか、それとも生まれつきの能力なのか。興味はつきないよ。彼女の体には人間の可能性が詰まっている。そうは思わないかい？」

興奮しきりのウィルフレドに、マルセリナは呆れ返ったような半眼を向けていた。

「……そもそも、獣姫は人間なのでしょうか？」

おそらく水を差すつもりだったのだろう。マルセリナは冷ややかな声で告げる。

しかし、当のウィルフレドはむしろ嬉《うれ》しそうに手を拍《う》った。

「そうだ、そうだね！　一見そうは見えないが、獣姫も亜人《バズ》という可能性もある。あるいは混血とかね。混血だったらすごいなあ、人間と亜人《バズ》の間でも子供がつくれるということなんだから。そもそも、亜人同士はどうなのだろう？　熊みたいなのとか、狼みたいなのとかいろいろいたけど、彼らの間でも混血児が生まれるのだとしたら――」

突然の熱弁についていけず目を白黒させてしまっているマルセリナにも構わずに、滔々《とうとう》とウィルフレドは捲《まく》し立《た》てた。

完全に自分の世界に入ってしまったウィルフレドを見て、大きなため息をつくマルセリナであった。

「そういえば、ウィルさまは昔から不思議な生き物が大好きでしたっけ……」

呟きつつ顔を嫌そうに歪《ゆが》めるマルセリナは、ウィルフレドが幼い頃、自分の部屋を小動物や虫などで埋め尽くしてしまったことを思い出していたのかもしれない。

元々、ウィルフレドは好奇心旺盛で研究熱心な学者肌の人間だった。

学習能力も高く、戦地の言語を覚えたり地理を暗記しておいたりと、今のところ良い方に発揮されていると言えるだろう。

だが、罷《まか》り間違えれば、非道な人体実験を繰り返すようなことになっていたかもしれない。

そんな思いで、マルセリナは顔を青くしていた。

「ウィルさまのご意思はわかりましたけれど、カマラサ卿には何と説明なさるのですか？　下手なことを言えば、兵たちにも広まって反感を買いかねませんよ」

ごほん、と力強く咳払《せきばら》いをした後にマルセリナが訊ねる。それでようやく我に返ったウィルフレドが照れくさそうに頭を掻きながら答えた。

「カマラサ卿は問題ないよ。捕虜の処遇程度のことで皇族と揉《も》めるほど気骨のある人物じゃあない」

「はあ……」

「兵たちも……まあ大丈夫だろう。彼らも別に残虐《ざんぎゃく》な光景を見たいわけじゃあないからね。苦労させられた獣姫に《ざまあみろ》と言いたいだけなんだ。だから、獣姫がひどい目に遭っていると知れば溜飲《りゅういん》も下がるさ」

「ひどい目って……か、解剖でもなさるんですか？」

「いやいやいや！　しないよ、そんなことっ！」

「そうでしたか。獣姫の秘密を知るためには、腹のひとつも切り開きかねないと思いましたので、てっきり」

「えー？　私のイメージってそんななのかい？」

心底情けなさそうな表情をするウィルフレドに、マルセリナの口から笑みが漏れる。

「冗談です。ウィルさまのことですから、無駄に獣姫を傷つけるような真似はしないでしょうが……ですが、それで兵が納得しますか？」

首を傾げるマルセリナに、今度はウィルフレドが微笑んだ。

「噂を流せばいいんだよ。《獣姫は皇太子の寝所に運ばれた》ってね」

「はあっ⁉」

マルセリナはぎょっと目を剝き、ウィルフレドを凝視する。

「そうすれば、兵たちは勝手に、獣姫は私によって毎晩凌辱《りょうじょく》されていると思い込むだろうさ」

「え、えええ……？」

「弊害があるとすれば、《ウィルフレド皇子はゲテモノ好き》なんて噂が広まるかもしれないことくらいかな。まあ、それを酒の肴《さかな》にして兵たちが盛り上がれるのなら、悪いことばかりではないかもね」

マルセリナがひくひくと頰を引《ひ》き攣《つ》らせていた。

「へ、へー。ふーん、そーですかー」

「どうしたの？　変な声なんて上げて」

「いいえ、別に。ウィルさまはああいったのが好みなのだなーと思いまして」

「な、なんか変な誤解がない？」

「いいえ。誤解なんてございません。今夜から皇太子殿下は、夜な夜な獣姫の体を弄《いじく》ったり嬲《なぶ》ったりご堪能《たんのう》なさるのだろうな、と思っただけです」

「やっぱり誤解してるじゃないか！」

「そういえば、先程も獣姫の体に随分と興奮なされていましたね」

「人聞きが悪いな！」

「事実ですよ？」

「事実だけども！」

この後、ねちねちと口撃を続けるマルセリナを宥《なだ》め賺《すか》すために、かなりの時間を使ってしまうことになったのだった。

＊

目論見通りと言えるのだろうか。

翌日には、『獣姫が皇太子の寝所に運ばれていった』と、サンマルカ要塞中に広まっていた。

ウィルフレドと獣姫は、様々な――決して上品とは言えない――話のタネとなり、要塞の兵たちを楽しませることとなった。

ところが、そんな噂が流れていながら、実際にウィルフレドが獣姫と対面したのは、その日よりも三日も過ぎた日のことであった。

ウィルフレドたちは既にサンマルカ要塞を発《た》ち、二日あまりの船旅を終えて、北大陸への帰還を果たしていた。

サンマルカ要塞は、南大陸攻略の橋頭堡《きょうとうほ》となるべく建設された要塞であり、港湾機能を有していた。

そこより船出し、ほぼ対岸にあたる場所に存在する港町が、今ウィルフレドたちの滞在するヒスパリスの街である。ここは、南北の大陸を隔《へだ》てるサンマルカ海峡に面した国内最大の港湾都市で、海上貿易の要《かなめ》でもあった。

領主は置かず皇帝の直轄領《ちょっかつりょう》となっており、皇帝の代理人として総督《そうとく》が統治を行う形となっている。

その総督府の一角にウィルフレドたちは滞在していた。

戦場で捕虜としてより五日。

ヒスパリス総督府の寝所として提供された部屋で、ウィルフレドはようやく獣姫との対面が叶ったのである――が。

「うわ……ひどい格好だねえ」

「ぐー！　ぐぐぅー！　ぅぐぐぐううううっ！」

ウィルフレドの前に連れてこられた獣姫の姿は、《ひどい》の一言に尽きた。

両手首と両足首は鉄製の枷《かせ》を付けられ固定されている。

手足は背中に回され、手枷と足枷も鉄の鎖によって繋がれており、海老《えび》を逆にしたような格好で仰《の》け反《ぞ》っていた。

口にも猿ぐつわを噛まされ言葉も出せない状態だ。

「本意ではないのですけれど」

ふう、とため息をつきながら漏らしたのは、獣姫を連れてきたマルセリナであった。

「縄で縛った程度では、引きちぎってしまうようです。サンマルカ要塞では、それで危うく逃げられかけましたから」

「へえ……さすがというか」

「海を渡ったことを知って観念したのか、だいぶ大人《おとな》しくなっていたようですけれど、ウィルさまの名を聞いた途端、この暴れようです。随分《ずいぶん》、ウィルさまに会いたかったようですね」

「光栄だ……と言いたいところだけど」

獣姫がどういう意図でウィルフレドと会いたがっていたのかを考えれば、呑気に喜んでもいられない。

苦笑を浮かべているウィルフレドに、マルセリナが不安そうな表情で訊ねる。

「結局、ウィルさまは獣姫をどうなさるおつもりなのです？」

「別にどうというつもりもないんだけどね。まあ、時間のある内に、一度しっかり彼女と話がしてみたかっただけさ。南大陸のことや亜人《バズ》のこととか、色々な話が聞けるかも知れないし」

「獣姫が我々に情報を渡すとは思えませんが……」

獣姫は、拘束されながらもどうにか体を動かそうと抵抗していた。手足を使わず体の力だけでばたばたと暴れまわる姿は、まさに陸揚げされた海老のようにも見える。

「私だって、亜人《バズ》の軍事規模や拠点、集落などの場所を彼女が話すとは思っていないさ。でも、私が聞きたい話はそれだけでもないしね。それに、彼女自身のことにも興味がある」

「興味というと、例えばどのような？」

「例えば？　そうだねえ、気になるのは――」

ウィルフレドは小首を傾げ思案の表情を浮かべた後、ぱちんと指を鳴らした。

「やっぱり、獣姫の体かな」

「は⁉」

「ねえ、マルセリナ。彼女の服を脱がせちゃ駄目かなあ？」

「……ウィルさま？」

「ダメかな？」

「だ――駄目に決まってます！　皇太子殿下ともあろうお方が、何を下劣なことを仰ってるんですか！」

「皇太子だって時には下劣なことを考えるさ。ほら、ディエゴ帝なんかをご覧よ。皇太子時代には既《すで》に子供も作っていたし、行く先々の女性に手を出していたって話じゃあないか」

「ディエゴ陛下はディエゴ陛下。ウィルさまはウィルさまです」

「そんな……隣の家の子供と同じ玩具《おもちゃ》をねだってるんじゃあないんだからさ」

「似たようなものです。ディエゴ陛下を引き合いに出すのなら、もっと女の扱いを心得てからにしてください」

妾妃は単なる皇帝の娼婦ではなく、皇帝の子を産めばその子は皇子皇女として認められ、国政において重要な位置を占める。当然、それを利用しようとする輩《やから》も現れる。

後宮は、宮廷内でも最も権力闘争の激しい舞台と言ってもよいほどだ。

そんな中、ディエゴ帝が三百人の妾妃を抱えながら、後宮内で目立った揉め事が起きなかったのは、それだけ彼の扱いが巧みだったからだと言える。

そこまでいくと《女の扱いを心得ている》などというレベルは超越しているように思えるが、ともかくそれを言われては口籠もるしかないウィルフレドだった。

とは言え、黙っているばかりではない。

「性的なことを考えているわけじゃあなくてだね、純粋な学術的好奇心なんだよ！」

「じゅん……すい？」

マルセリナは胡散臭《うさんくさ》いものを見る目つきで、呆然と呟いていた。

「君だって気にならないかい？　獣姫が本当に人間なのかどうか」

「気になりません」

「そうかなあ？　ほら、服で見えないだけで尻尾が生えてるかもしれないし――」

「生えてません」

「背中に羽が――」

「ありません」

「ちょっとだけだから。ね？　マルセリナ、ちょっとだけ」

「ウィ・ル・さ・ま？」

顔に張り付いたような笑みを浮かべるマルセリナだが、目がまったく笑っていないところが恐ろしい。

「もういい加減にしてくださいい、ウィルさま！」

「わかったわかった、悪かったよ」

叫ぶマルセリナに、ウィルフレドは手を上げて降参した。

「皇太子の名に悖《もと》ることはしないし、獣姫のことも正式な捕虜としての扱いを心がけるさ。だから、マルセリナは下がっていてくれないか。君がいては落ち着いて話ができそうにない」

苦笑を漏らしつつ告げるウィルフレドを、胡散臭そうに眺めていたマルセリナだったが、やがて渋々といった様子で部屋の外へと出て行った。

「……クゥに何の用だ？」

マルセリナが退出し、獣姫と二人きりとなった室内。

獣姫は、猿ぐつわを外されるなり憮然とした表情でウィルフレドに問いかけた。

「クゥ？　それが君の名前かい？」

ウィルフレドが訊ね返すと、獣姫は「しまった」とでも言いたげに顔を歪める。名前を教えるつもりなどなかったのだろう。

「名前くらい教えてくれてもいいだろう？　君だって、〝獣姫〟だなんて我々に勝手に付けられた名前で呼ばれるのは不本意なんじゃあないのかな」

しばらくの逡巡《しゅんじゅん》があった。ウィルフレドの言うことを道理だと思う一方、思い通りになるのも悔しいと思ったのだろう。

口を開き、閉じ、顔を歪め、また口を開き。

それを繰り返すこと数度、ようやくぼそりと呟くような声で返答があった。

「……ククル……だ」

「いい名だね。よろしく、ククル」

にこにこと微笑むウィルフレドに、獣姫――ククルは苛立《いらだ》ちを隠さなかった。

無理もない。ククルは手足を拘束され床に転がされているのだ。ウィルフレドの笑顔が勝者の余裕であり、見下されていると思えてしまうのだろう。

「それで！　クゥに何の用がある⁉」

「用と言うほどの用ではないよ。単に君と話をしてみたかっただけさ」

「クゥにはお前に話など――！」

激昂《げっこう》しかけたククルだったが、怒声を途中で止め、自分を落ち着かせようとするかのように大きく息を吐いた。

「……いや、なくもない。クゥを自由にしたら、お前の話とやらに付き合ってみせてもいい」

「なかなか魅力的な提案だけど、君を自由にしたら私の話になんか付き合ってくれないだろう？」

「知れたこと。お前の首をねじ切って、ここから出ていくだけのことだ！」

「正直だなあ。普通、そんなことを言われて君を自由にするヤツはいないと思うけど」

もちろん、ククルだってそんなことはわかっている。要するに、ククルはウィルフレドの話に付き合うつもりなどないと言いたかったのだろう。

だが。

「まあ……実を言えば、考えなくもない」

「は？」

「君を自由の身にしてあげてもいいよ、と言っているのさ」

にこやかな表情を変えぬままにそんなことを口走るウィルフレドを、ククルが探るような目つきで見上げる。

「……お前、何を企《たくら》んでいる？」

当然の疑問だろう。ククルでなかったとしても——例えば、この場にマルセリナがいたとしても、「何をお考えなのです？」と訊ねたに違いなかった。

それに対するウィルフレドの答えは——。

「さてね」

だった。

苦笑を浮かべ、肩を竦める。

「確かに《何か》は企んでいるのだけど、それが《何》なのか、私にもまだはっきりとはわかっていない」

韜晦《とうかい》するようなウィルフレドの物言いに、ククルが訝《いぶか》しげに眉を顰める。

「お前の話はよくわからない。結局、クゥに何を望んでいる？」

「私が君に望んでいることは単純さ。私の話に付き合ってほしいだけだよ」

あくまでも友好的に接しようとしてはいるウィルフレドではあったが、拘束した上でにこやかに話しかけたところで、胡散臭さばかりが際立つだろう。

案の定、ククルは嘲弄《ちょうろう》するように鼻を鳴らし、顔を背けてしまう。

「お前たちの得になるようなことは、クゥは話さない。どうしてもと言うなら、拷問《ごうもん》でも何でもすればいい」

「拷問というのは私の趣味じゃあないなあ。鞭《むち》で打ったりしても別に楽しくはないし……ああ、でも君の体には興味があるな」

じろりと――いや、ぎょろりとウィルフレドはククルを凝視する。

「身体能力の高さは見せてもらえたけど、耐久力はどうなのかな。鞭で打てば我々と同じように痛みを感じるのか、普通の刃物で斬《き》れるのか。……とりあえず肌の感触は普通の人間と変わらないみたいだけど――」

「さっ、触るな！」

ウィルフレドの手がククルの体に触れると——と言っても、指先が肩口に触れた程度だが——ククルは青ざめた顔で、身じろぎした。

拘束されたまま、どうにかウィルフレドから遠ざかろうと体を動かす。

仮に、ウィルフレドの顔が下劣に歪んでいたり、嗜虐《しぎやく》の笑みを浮かべていたりしたらククルはこれほどの恐怖は感じなかったかもしれない。

ウィルフレドのククルを見る目は、強いて言えば実験動物を見る目であった。

「お、お前は……何だ？　本当に、ニンゲン……か？」

未知の生物を見る目つきと震える声でククルが訊ねると、瞬時にしてウィルフレドの表情は普段と同じ柔和で気弱さを感じさせる笑みに戻った。

「嫌だな、それは私の台詞《せりふ》なんだけどね。こちらこそ聞きたいよ、君は人間なのかい？」

問いかけに、ククルの青ざめていた顔が赤く染まる。どうやら、怒りが恐怖を上回ったようだ。

鼻の頭に皺《しわ》をよせ、歯を剝き出しにしてウィルフレドを怒鳴りつけた。

「ニンゲンなどではない！　クゥはフ・ボホルだ……！」

《フ・ボホル》とは、あえて訳すのならば《亜人《バズ》》となる。だが、アルガント語における亜人という言葉は、《人間のできそこない《バスタード》》から転じて発生した言葉であり、彼らの言葉にそのようなネガティブなイメージがない以上、《亜人《バズ》》と訳すのは適当ではない。

ニュアンスとしては、ウィルフレドたちにとっての《帝国人》《アルガント人》と同じようなもので、強いて言えば《南大陸人》などが近いかもしれない。

「精神的な意味合いで君がそう思っているのは承知しているよ。だけど、私が聞きたいのは肉体的な意味合いでね。君には、鋭い牙も爪も長い尾もない——それともどこかに隠しているのかな？」

まさかとは思うが、亜人の生態はまだわからないことだらけだ。亜人的な痕跡《こんせき》を消してしまえる亜人がいないとも限らない。

「止める人間もいなくなったことだし、やっぱり裸にして確認するか」

誰に聞かせるわけでもない独り言であったのだが、ウィルフレドが発したのは亜人《フ・ボホル》の言葉であり、当然ククルの耳にも届いていた。

「ふん。そうか、クゥを辱《はずかし》めようというわけか。薄汚いニンゲンが考えそうなことだな。それで思い通りになると思っているのなら、好きにするがいい」

「うーん、何か誤解があるようだけど、同意が得られたのなら、せっかくだから獣姫の生まれたままの姿を見させてもらおうかな」

単なる脅しというわけではなく、ウィルフレドは本心からそう思っていた。

ククルの体に触れるまでは。

「……ど、どうした。早くするがいい」

挑発的にウィルフレドを睨みつけてはいたが、その体は小刻みに震えていた。

「……っ」

ウィルフレドの手が肩に触れると、ククルは観念するかのように強く目を閉じる。

だが、ウィルフレドはククルの服に手をかけるでもなく、彼女の小さな体を持ち上げると、ベッドの上へ横たえた。

「固い床の上は辛いだろう。拘束を解くわけにはいかないけれど、そこならまだマシじゃあないかな」

それだけ言って、ククルを安心させようとするかのように、距離をとるウィルフレド。

そんな彼の姿をぽかんとした表情で見ていたククルだったが、やがて怪訝な顔になり、終《しま》いには不信な顔つきとなってウィルフレドを睨みつけた。

「……何のつもりだ？　クゥを辱めるのではなかったのか」

「私の目的は、君の体を隅々まで調べてそれで終わり、というわけじゃあないからね。裸にすることで君の話が聞きづらくなるなら、それは本末転倒というものさ」

ククルは何か怪奇現象にでも出会ったかのように、不信と困惑と恐怖の入りまじったような表情でウィルフレドを見つめていた。

やがて、柔らかなベッドに埋めるように顔を背けると、その口からくぐもった小さな声が聞こえた。

「……クゥはこの体が大嫌いだ。立派な尻尾も強そうな爪も高く伸びた耳もない」

それは、自分が人間であるという告白であった。同時に、自分を縛り付けているものへの怨嗟《えんさ》でもあった。

「仲間の……集落のみんなの姿を見るだけで、自分は違うのだと思い知らされる……」

それがククルの劣等感であり、戦場における無謀さの理由であったのだろう。

少しでもみんなの――亜人の役に立たねば、自分に居場所はないと思ってしまっているのだ。

「君は、自分の両親のことを知っているのかい？」

「そんなものはいない」

「いないって……木の股《また》から生まれたわけじゃああるまいに……」

呆れ顔になるウィルフレドに、ふて腐れたようにククルが吐き捨てた。

「クゥにとって、親とは育ててくれた集落の長《おさ》のことだけだ。顔も名前も知らない本当の親なんて、いないと同じだ」

「ああ、その感覚は私もわかるな。私も父親は実の親と育ての親が違うからね。父と言われると、養父のことを思い出すよ。まあ、両親共に顔も名前も知っているから、君に比べればまだマシかな」

自嘲気味に笑うウィルフレドを、しばらくククルはじっと見つめた。

やがて、彼女の口からぽつりぽつりと言葉が漏れ始める。

「……クゥは海に捨てられていたらしい。十五年前に、赤ん坊が乗せられた小舟が海岸に打ち上げられていたのだと、育ての親が教えてくれたことがある」

「その小舟に乗っていたのは、君ひとりだったのかな？」

「誰かが乗っていた痕跡はあったらしい」

「痕跡——ね」

途中で波に呑まれたか、前途を儚《はかな》んで自ら海に飛び込んだのか、いずれにしろ生きてはおるまい。

ククルは《捨てられた》と言ったが、赤ん坊ひとりを捨てるのにわざわざ小舟を用意することもない。同乗者がいた形跡があるのならば尚更《なおさら》だ。

ではなぜ、赤ん坊ひとり乗った小舟が、南大陸に流れ着くことになるのか。

そもそも小舟で外海に出るのは、自殺行為でしかない。小舟が海を渡ることになったのは、偶然の産物と考えるべきだろう。

考えられるのは船の事故か。しかし、それならばククルやその小舟以外にも、死体や船の積み荷などが確認されるはずだ。

他の可能性としては、陸地沿いを移動しようとして、潮に舵《かじ》を取られて沖に出てしまったケースか。

その場合は――。

「おい、どうした？」

突然、黙り込んだウィルフレドに、ククルは不安げな声をかける。

それからもウィルフレドは、しばらく黙ったままククルを見つめていたが、

「そう言えば、十五年前と言ったね。じゃあ君は今、十五歳ってことかな？」

「たぶん。集落ではそう扱われている」

「十五歳……十五年前……十五年……か」

十五年前と言えば、アルガントではレオノールが後宮入りした年だ。即ちそれは、レオノールの故国、ラストリア王国が滅びた年でもある。

ラストリア王国は北大陸の南端に存在していた国家であり、今ウィルフレドたちが滞在するヒスパリスの街もかつてはラストリア領であった。

例えば、戦禍《せんか》から逃れるために赤ん坊を小舟に乗せ出発した、とは考えられないだろうか。

「そういえば……」

ラストリアの最後の国王とレオノールの間には、生まれたばかりの子供がいて、戦火の中、行方不明になったと聞いている。

「まさか……ね」

不思議そうな顔で自分を見上げるククルを見ながらそう呟くウィルフレドだったが、同時にある伝説を思い出していた。

ラストリア王国の建国伝説である。

ラストリアの建国王は、人知を超えた力を持つ屈強の戦士であり、前王朝の軍隊をただのひとりで壊滅させたと伝えられていた。

そして、ラストリア王族には、ごく希《まれ》にその建国王の力を受け継ぐ者が生まれてくるのだと言う。

どの国でもそうだが、《神懸《かみが》かった力を持った建国王》というのは伝説の定番だ。アルガント帝国の建国帝は、七度の転生を繰り返し世のすべての知識を得たとされているし、魔王を打倒した勇者が国を建てたなんて話もある。

ラストリアの伝説もその類《たぐい》であろうと思っていたのだが……。

「人知を超えた力か……」

目の前に横たわる少女を見ていると、あながち眉唾物《まゆつばもの》の伝説とも言い切れないと思えてしまう。

「なんだ、お前は。さっきから、ぶつぶつと気持ちが悪いぞ」

「いやあ、君に対する興味は尽きないなと思ってね」

「そこまで興味があるというのなら、この拘束を解くといい。思う存分、クゥの力を味あわせてやるぞ」

微笑を浮かべるウィルフレドに、ククルが吐き捨てるように言う。当然、彼女とてウィルフレドが頷くなどとは思っていなかっただろう。

だが。

「そうだねえ、それも一興かな。うん、いいよ。解放してあげよう」

ウィルフレドはあっさりと言い放った。

その言葉にククルが目を剝くが、それと同時にウィルフレドは表情を曇らせた。

「……と、言いたいところではあるけど、君と戦った兵たちの労苦を思えば、私個人のわがままで君を解放するのは、彼らに対する裏切りか、とも思うのだよね」

「ならば、拷問するなり処刑するなりすればいいだろう」

「うーん、それも嫌なんだ」

困った様子で——本当に心の底から困り果てた様子で首を傾げてしまうウィルフレドに、ククルは苛立った声をあげた。

「何なんだ、お前？　一体何がしたい⁉」

「うん、そうだよね。私は一体、何がしたいんだろうなあ……」

ウィルフレドはがしがしと頭を搔いた。

自分でも、ククルに対する判断が矛盾とまではいかないものの、中途半端なものになっていることに、気づいてはいたのだ。

「君を解放することがどういうことか、わからないわけじゃあない。それは、君と戦った兵の努力を踏みにじる行為だし、死んだ兵を冒瀆《ぼうとく》する行為だ。だが、それでも君を捕え続けるのはもったいないと思うし、できるなら君と仲良くもなりたい。私は君の仲間を大勢死に追いやった身で、そんなことは不可能だと理解しているけど——」

そこまでを語ったところで、不意にウィルフレドはぽんと手を拍った。

「ああ、そうか。そういうことか」

にこやかな笑顔をククルに向けるなり、

「私はたぶん、君に惚《ほ》れたんだ」

「○×#$%△◇——⁉」

唐突と言えば唐突すぎるウィルフレドの告白に、ククルの口から言葉とは言えない意味不明の音の羅列《られつ》が飛び出した。

「ほ、ほまっお前……っ！　いいいいいきなり何を言いだしてる！」

「確かにいきなりだけど、自分の感情を言葉にするなら、そう言うしかないよ。別に、妻にしたいという意味ではないけどね」

「そ、そんなものこちらから願い下げだ！」

「それは残念」

ウィルフレドはさして残念とも思っていないような表情でわずかに肩を竦める。

「さっき言った通り、私なりに君を利用しようとする心づもりはあるし、君を逃がすのは吝《やぶさ》かではない。けど、今ここで拘束を解いて『さあ、お逃げ』というわけにもいかないかな。そんなことをしたら、私は殺されるだろうし」

「当たり前だ。お前のせいで一体、何人の仲間が死んでいったと思っている。お前だけは絶対に許さない……！」

「……だろうね」

ウィルフレドは目を伏せ少し寂しそうに呟くが、次の瞬間にはわざとらしいほどに陽気な笑みを浮かべていた。

「そういうわけで、君とはここでお別れだ」

「どういう……ことだ？　クゥを利用するのではなかったのか？」

「君のことはここのニンゲンに伝えておくよ。『獣姫から得られるものはもう何もない。あとは君たちの好きにしてくれ』とね。まあ、遠からず、ここの連中が君を凌辱しに来ることだろうさ」

「…………っ！」

そのような恐ろしい……いや、おぞましい宣告をされては、さすがのククルとて息を呑まずにはいられなかったようだ。

「一応、その鉄製の手枷足枷だけは私がなんとかしよう。『縄でも充分だろう』とでも伝えておくかな。あとは、君の才覚次第というわけだ」

ウィルフレドはククルにそこまで告げると、突然の成り行きに目を白黒している彼女を残して部屋の扉へと向かった。

「私は別の部屋で寝ることにするから、今夜はそこでゆっくりするといい」

ウィルフレドは部屋の外へと出ると、一度だけ室内を振り返り、ククルに微笑を向けた。

「――では、がんばりたまえ」

との声が、パタンと扉の閉まる音に重なったのだった。


獣姫が総督府より逃げ出したとウィルフレドが耳にしたのは、ヒスパリスの街を出発してから三日後のことだった。

二章 偽嫡

El avandono levanta
la bandera de la bastards

アルガント帝国帝都ソルサリエンテの南大門より皇城に至る大通りは、《凱旋《がいせん》通り》と呼ばれる帝都のメインストリートである。

役所などの公的機関だけでなくさまざまな商店なども並び、市民の生活に欠かせないものとなっていた。

年に数回の祭りの際には通り全体が足の踏み場もないほどに人で埋め尽くされることもある。

その凱旋通りを、文字通りウィルフレッドは英雄として凱旋した。

この二年にウィルフレッドの軍が矛《ほこ》を交えた相手は多岐《たき》に渡る。

アルブリオ王国、メロヴィクス王国、グロース王国、ビュザンタス帝国といった周辺国家。国内においても旧ネアロ王国の王権復古派や皇弟ダミアン親王らが武装蜂起《ぶそうほうき》した。

そして、南大陸における亜人《あじん》の叛乱《はんらん》。

すべてに快勝とはいかないが、ウィルフレドはこれらを尽《ことごと》く打ち破った。

その報は帝都にももたらされている。

ソルサリエンテの民は、ウィルフレドたちを喝采《かっさい》と共に迎えたのだった。

街壁から皇城に続く大通りにはずらりと人々が並び、ある者は手を振り、ある者は歓声を張り上げ、ある者は跪《ひざまず》き拝んだ。

勇士というには線が細く、美男と称するには地味すぎる顔立ちのウィルフレドではあったが、黄金の甲冑《かっちゅう》を着て馬に跨《またが》り、軍の先頭を颯爽《さっそう》と進むその姿を見て、帝都の若い娘たちが黄色い悲鳴をあげてもいた。

それより、わずか一日後のことだ。

罪人として引き返すこととなったのは。

「このウィルフレドなる者、皇室の血を受け継ぐに非《あら》ずして皇太子を僭称《せんしょう》し、皇室と帝国の威信を著《いちじる》しく損ねた者である！」

ウィルフレドは手枷《てかせ》を塡《は》められ、さらに胴と腕を縄で縛られた姿で馬に乗せられていた。後ろに続く役人が声高に罪状を読み上げている。

ウィルフレドに課せられた罪状は《偽嫡《ぎちゃく》》である。

偽嫡とは、字の通り《偽の嫡子である》と言う意味だ。

ただ、《正妃の子》という意味での嫡子は、ディエゴI世には存在していないため、この場合の偽嫡とは、ウィルフレドがディエゴI世の子ではなかったということだ。

それは即ち、後宮の妾妃《しょうひ》であったウィルフレドの母ナサレナが、皇帝以外の男と褥《しとね》を共にしたということでもあった。

(母が他の男との間に子を儲《もう》けていたなど、馬鹿馬鹿しいにもほどがある)

ナサレナは、レオノールの入宮に際し、後宮を追われた妾妃の一人である。

その当時、ウィルフレドは未《いま》だ物心がつくかつかぬかの年齢であったが、それでも後宮を出てメルディエタ伯の屋敷に移った母が、「陛下のご不興を買った」と一箇月《ひとつき》も二箇月《ふたつき》も泣き暮らしていたのをよく憶えている。

レオノールに追い出されたとは思っておらず、そもそも後宮に権力争いがあるなどと考えていたのかどうかすらわからない。

よく言えば心根が優しく純粋で、悪く言えば世間知らずで無知であった。

そのナサレナが、男と密会などできるわけもない。

だが、事実がどうであれ、それを真実としてしまえるだけの宮廷内工作をレオノール派の諸侯が行っていたことが重要なのだ。

そして、それを否定する材料をウィルフレドは用意することができなかった。

即《すなわ》ち、ウィルフレドは負けたのだ。

ウィルフレドは手足を拘束され、馬に乗せられたままの状態で、何時間もの時間をかけて、ゆっくりとソルサリエンテ中を引き廻された。

その様子は芝居《しばい》じみており、当事者であるにも拘《かか》わらずウィルフレドは可笑《おか》しさを堪《こら》えるのに少々の努力を必要としてしまった。

これほど大仰なことをする理由も想像できる。

おそらく、レオノール派の想定以上にウィルフレドの名声が高まっていたのだ。内密にウィルフレドを処刑しては、無用な反感を抱かせると思ったのだろう。ウィルフレドの《罪》を帝都中に――最終的には帝国中に知らしめ、レオノール派の正当性を確立させておかねばならないと考えたのだ。

ただし、それを見守る市民はほとんどが戸惑《とまど》い顔だった。

無理もない。昨日に歓声を向けた相手が、今日には大罪人として市中を引き廻されているのだから。

「罪状重く許しがたきものであり、本来なら極刑は免《まぬか》れないものなれど、皇帝ディエゴ陛下《へいか》ならびに皇太子モデスト殿下のご寛恕《かんじょ》により、国外追放と処すものである！」

罪状と共にその裁きも伝えられる。

極刑でないのも、やはり民の感情を考慮してのものだろう。

（……それも、完敗だ）

何よりもレオノール派が恐れているのは、ウィルフレドを殺すことによって、彼が《死した英雄》となることだった。レオノール派によるモデスト政権の不正や非道の象徴としてウィルフレドが扱われるようになることだけは避けねばならない。

そのためには、ウィルフレドにきっちりと《汚名》を与える必要がある。

如何《いか》にレオノール派がウィルフレドを邪魔に思っていたとしても、それまでウィルフレドを殺すわけにはいかないのだ。

ある意味では、二年間の苦闘が、ウィルフレドの命を首の皮一枚のところで救ったとも言えた。

だが、当のウィルフレドはそれほど自分の命を楽観視していなかった。

（レオノール派にとって、私が生きていることは害悪でしかない。いずれ私は殺されるのは間違いない）

それでも、ウィルフレドは諦観《ていかん》しきっているわけではなかった。

帝位継承の争いには負けた。

それは認めるしかない。

だが、それですべてを諦《あきら》めてしまうほど、ウィルフレドは潔《いさぎよ》くはなかった。

（問題は、私の処刑がいつなのか。どこでなのかだ。私の予想が当たっていれば……）

ウィルフレドの希望はほんの小さな光で、砂漠に落とした小石を見つけるほどの確率なのかもしれない。

それでも、それに縋《すが》るしかないのが現実なのだ。

（〝その時〟が訪れることを信じ好機を待つ。好機が訪れなければそれまでだけど、訪れたのに摑《つか》み損《そこ》ねることだけは避けないとね……）

そう決意し、ウィルフレドは罪人として馬上に揺られていったのだった。


それから六日後。

ウィルフレドの身柄は、再び大陸南部の都市ヒスパリスにあった。

ここに来るまでの間も、逐一《ちくいち》、周辺の街に立ち寄り帝都でのように市中を引き廻されてきたが、それでもウィルフレドが帝都に帰還した時と同じ六日の行程だった。

行動の日程を厳しく定められていたのか、かなりの強行軍で、時には深夜まで移動の時間に割り当てられていたようだった。

なぜこのようなことになっているのか、ウィルフレドにも充分想像はついた。

レオノール派の者たちは、ウィルフレドの国外追放に際して、二つの矛盾した案件をこなさなくてはならなかったからだ。

ひとつは、前述した通り、自らの正当性を示すためにウィルフレドの《罪》を広めなくてはならないこと。

そしてもうひとつが、一刻も早くウィルフレドを殺してしまうこと。

（レオノール派が恐れるのは私の身柄が誰《だれ》かの手に渡ってしまうことだ。特に、以前より私の擁護者《ようごしゃ》であったメルディエタ伯の元に行くことだけは避けなくてはいけない。そうなれば最悪、国を二つに割った内乱に発展してしまう）

どうも漏《も》れ聞こえてくる話だと、マルセリナの父であるメルディエタ伯ミゲルは、北方の国境紛争に出陣しているようだった。

ウィルフレドが南に向かわせられたのも、少しでもメルディエタ伯に奪われる危険性を低くするためだろう。

このヒスパリスの街は領内最南端といってよい都市であり、《国外追放》を命じられたウィルフレドは、この街を出たところで束縛から解放されることになっていた。

（しかし……この街を出たところと言ったら海なのだけど、私は海にでも放り出されるのだろうか？）

一瞬、大真面目《おおまじめ》にそんなことを考えてしまったウィルフレドだったが、すぐにそんな自分を鼻で笑った。

（まあ、どうでもいいのかな。そこまで生かしておくつもりもないのだろうし）

レオノール派がウィルフレドを殺したがっているのは間違いなく、それは早ければ早い方がいい。

だが、あまり強引なことをしてはいたずらに反感を買うだけ。レオノール派にとっては何とももどかしいところだ。

それでも、ヒスパリスまで連行し、《国外に追放した》という事実さえ作ってしまえば、あとは好きにできると思っているのだろう。

ウィルフレドにとってもこの街を出るまでがタイムリミットだと言えた。

それまでに好機が訪れなければ、ウィルフレドの命はないも同然だ。

(そろそろ何か動きがあってもよさそうなものだけど……)

ヒスパリスに到着したその日。

ウィルフレドは拘束されたままの姿で総督府《そうとくふ》の一室に監禁されていた。

外では細い下弦《かげん》の月《つき》がおぼろげに大地を照らす。

藁《わら》を敷いただけの粗末な寝台に横たわりながら、ウィルフレドはまんじりともせず夜を過ごしていた。

本来の用途は食糧庫か何かなのだろう。半地下に造られているが天井は高い。天井付近の壁に鉄格子のはまった空気取り用の穴が開いていた。

(何か事が起こるのならば今夜だ……)

ウィルフレドはそう考えていたが、それは予想ではなく、期待かあるいは願望の類《たぐい》だったかもしれない。

それでも、ウィルフレドが機の到来を待ち望み、決意と覚悟を定めていたのは確かだ。

その時。

すっと音もなく扉が開いた。

(来たか……！)

こっそりと忍び込んでくる以上、まともな役人でないことは間違いない。

(さて。やって来たのは、幸運の女神か、それとも破滅の死神かな？)

ウィルフレドは寝たふりをしながら侵入者の動向を見守った。

いきなり殺害されることはない……とは思うのだが、絶対の確信を抱くのは難しかった。

ウィルフレドが緊張を押し隠しつつ侵入者の次の行動を待っていると、

「……殿下。ウィルフレド殿下」

低く抑えた声が聞こえて来た。

(殿下……か。とりあえず首切り役人がやって来たわけではなさそうだな)

「何か？」

即座に反応したウィルフレドだったが、侵入者は当然のことのようにそれを受け止めていた。どうやら、ウィルフレドの狸寝入り《たぬきねい》りはばれていたようだ。素人《しろうと》の猿芝居《さるしばい》とでも思っていただろうか。

「初めて御意を得ます、殿下。私はメルディエタ伯にお仕えするガジャルドと申す者。伯のご命令により、殿下をお助けに参りました」

侵入者――ガジャルドの言葉を聞き、ウィルフレドは大きく息を吐き出した。

「そうか、メルディエタ伯が。世話になる」

「は。あまりゆっくりとしていられる時間もございませんので、さっそく移動を開始させていただきます」

「うん、よろしく頼む」

「では、静かに私の後に付いてきてください」

ガジャルドが踵《きびす》を返したのとほぼ同時に、ウィルフレドが「あ」と声を上げていた。

「この手枷を解くことはできないかな？」

ウィルフレドは手首のところに鉄製の手枷を塡められたままになっていた。不自然な姿勢になる上に重く、走るのにも邪魔になる。仮に転びでもすれば、壁や地面に打ち付けて大きな音をたてないとも限らない。

もしガジャルドが手枷の鍵《かぎ》を持っていれば、そんな心配もなくなるのだが。

「申し訳ございません。限られた時間では、部屋の鍵をみつけるのが精一杯で手枷までは……。ご不便をおかけしますが、ひとまず安全な場所まで行き、手枷を壊してしまうのがよろしいかと」

緊急の事態であっても、これを述べるためにわざわざ跪《ひざまず》くガジャルドは律儀な性格であるのかもしれない。

「そうだね、苦労をかける」

ウィルフレドはガジャルドの後に続いて、ヒスパリス総督府を駆けて行った。

それなりに武芸などの訓練も積んでいるウィルフレドではあったが、さすがに足音の消し方を学んだことはない。

石造りの総督府の廊下では、隠そうとしても隠しきれない足音がいくらか響いてしまっていたと思うが、幸いなことに誰かに聞きとがめられることはなかった。

総督府はヒスパリスを統括《とうかつ》する行政機関であり、相応の規模を持っているのだが、深夜であることもあってか、外に出るまで一人の人間とも出会うことがなかったのは意外だった。

「随分と静かなものだね」

「……邪魔になりそうな者は眠らせておきましたので」

総督府を囲む一コルム（約二メートル）ほどの塀を乗り越え、ウィルフレドに手を貸しながらガジャルドがぼそりと言った。

「しかし、ここからはそうは参りませぬ。人の少ない道を選んでおりますが、お急ぎいただきたく存じます」

（めんどくさいヤツ、と思われたかな？）

ウィルフレドは内心で苦笑していた。

総督府の塀を越えたその先には、五人の男が待ち構えていた。

ガジャルドの心配が的を射た――わけではなく、彼ら五人もガジャルドと同じように
メルディエタ伯に命じられウィルフレドを救出しにきた者たちだと言う。

「そうか。手間をかけてすまないが、よろしく頼むよ」

跪く五人を前に、ウィルフレドが軽く頭を下げると、中には意外なものを見たように
目を見開いている者もいた。

ウィルフレドのような高い身分のものが頭を下げるというのが信じられなかったのだろう。

総勢七人となった一行は、西の市壁へ向かって歩を進めた。

ガジャルドの心配とは裏腹に、その後も市壁までの間、人の姿を見ることはなかった。

アルガントにある一定以上の規模の都市は、夜になると街門を閉じ、出入りを禁じている。ヒスパリスもそれは同様だ。今度は総督府の塀とは違い市壁は五コルム（約十メートル）以上もあり、乗り越えるわけにもいかない。

どうするのかと思っていたら、あらかじめ警備の兵を買収していたようだ。兵の詰所

を抜けて、あっさりと市壁を抜けてしまったのだった。

「さすが、手際がいいね」

「恐縮です」

感心するウィルフレドにガジャルドは短く答え、ウィルフレドを促《うなが》すようにしながら西へ向かい歩き始めた。

黙々とそれに続く五人を見て、ウィルフレドは軽く肩を竦《すく》める。

「ところで、馬か何かは用意しておかなかったのかな？　市中はともかく、街の外に出てまで歩くのは結構しんどいのだけど」

我がままな皇子だとでも思ったのか、ガジャルドはほんの少しの煩《わずら》わしさを表情に含ませつつ、それでも言い聞かせるように口を開いた。

「馬の蹄《ひづめ》というものは、殊《こと》の外《ほか》、大きな音を出すものです。この度は、何よりも隠密性が重要であったために、馬は用意せずに参ったのです」

「ああ、なるほどね」

「今夜はこのまましばらく先まで歩き、人目につかぬところで身を隠そうと思っています。明日、本格的に移動を開始する際には馬を手に入れて参りますので、それまでしばしのご勘弁《かんべん》を願います」

「ああ、無理を言ってすまないね」

少し居心地悪そうに頭を掻《か》くウィルフレドに、ガジャルドは軽く頭を下げることで答えた。

ガジャルド以下六人の救出隊に囲まれながら、市壁を抜けて五ルプス（約五百メートル）も歩いた時だろうか。

不意にウィルフレドが足を止めた。

「……殿下？　いかがなさいましたか、お急ぎ下さい」

怪訝《けげん》な表情を浮かべてガジャルドが訊《たず》ねてくる。

「うん。君たちには伝えておくべきかと思ってね」

「伝える……？　一体、何のお話です？」

「命が惜しければ、投降したほうが身のためだよ」

「な、何を……仰《おつしや》っているのです？　投降とは、誰に？」

「もちろん私に――だよ」

ぎょっと目を剝《む》いたガジャルドに、ウィルフレドはにやりと不敵に笑った。

「今更とぼける必要はない。君たちは私を救いに来たわけじゃあなく、私を殺しに来たのだろう？」

ガジャルドたちの行動はアンバランスだった。

誰にも見つからずに総督府内に忍び込み、最も警戒されているはずのウィルフレドのところまでやって来た。府内の警備兵たちを無力化し、人目につかないところに移動までさせているにも拘わらず、手枷の鍵ひとつ見つけていない。

更に奇妙なのは、ウィルフレドの監禁されていた部屋に警備の人間がいなかったことだ。事前に排除したにしても、ウィルフレドは物音ひとつ聞かず、死体も見ていない。目につかないところに死体を片付ける手間をかけたというのもおかしな話だ。

他にも、市壁の警備兵を買収する手際の良さを見せておきながら、馬を用意していないと言ったこと。

「馬を用意しないで来た、と言ったのは不用意だったね。もっともらしいことを言っていたが、そもそも君たちはこの街までどうやって来たんだい？」

彼らが本当にメルディエタ伯の命令で来たと言うのなら、遥《はる》か北の国境にいるメルディエタ伯の元から来ていることになる。百歩譲《ゆず》って伯爵領から来ているとしても、西の彼方《かなた》である。馬なしで十日の間にやって来られる距離ではない。

「総督府でも市壁でも、あっさりと突破できてしまったのは、警備が薄かったわけでも君たちの手際がよかったわけでもなく、そういう手筈《てはず》になっていたからだろう？」

滔々《とうとう》と語るウィルフレドを見て、誤魔化しきれないと思ったのか、ガジャルドは周囲の五人にわずかに視線を送った後、

「こんなにあっさりとバレるとは思わなかったな」

不快げに頭を掻く。

彼の口から出た声色は、これまでの無味無臭なものとはまるで違う、粗暴さの中にも愛嬌《あいきょう》を感じさせるものだった。

「あんたにとっては三文芝居だったかな？」

「いやいや、なかなかの忠臣《ちゅうしん》ぶりだったよ。私も少しは迷ったのだけどね」

少し、ね。とガジャルドは自嘲《じちょう》気味な冷笑を浮かべた。

「ま、さすがに〝黒狐《くろぎつね》〟と言われるだけはあるってことか。頭の冴《さ》えは立派なものだ。だが、それがわかったところで自分の寿命を短くするだけの話だ、皇子さま」

ガジャルドは腰の剣に手を添え、針のように細めた目で眼光も鋭くウィルフレドを睨《にら》みつけた。

「あんたに恨みがあるわけではないが、請け負った仕事は果たさせてもらうぞ」

嗜虐《しぎゃく》に酔っているのか、ガジャルドは唇を歪《ゆが》め酷薄《こくはく》に笑う。

彼の動きに合わせ、ウィルフレドの周りを囲む五人も、腰の武器に手をかけた。

後は合図のひとつもあれば、ウィルフレドは四方から斬《き》りつけられ、成《な》す術《すべ》もなく斬《ざん》殺《さつ》されることだろう。

その状況にあって、ウィルフレドは肩を竦め笑った。

「おいおい、先程の私の話を聞いていなかったのかい？」

「命が惜しければ投降しろとか言っていたな。こんな状況でも強がりを言えるのは皇子らしいと言うべきなのか？　だが、度が過ぎれば無様なだけだ」

ガジャルドの表情から、急速にウィルフレドへの興味が失せていくのがわかった。

「一体、どうやったら今のあんたに俺たちを殺せるのか教えてほしいな」

「別に私は、私が君たちを殺すとは言っていないよ。君たちを殺すのは、レオノール派の人間——つまり、君たちに命令を出した人間だよ」

「は？」

食いついた——。

ぽかんとした表情を浮かべ自分を見つめるガジャルドの様子を見て、ウィルフレドは内心で安堵《あんど》のため息をついていた。

問答無用、と言われたらどうしようかと思っていたところだった。

「君たちは私を殺す。君たちを雇ったのはレオノール派だ。つまり、私を殺したのはレオノール派である」

ガジャルドに反応はない。疑問を抱いている風でもない以上、ウィルフレドの言葉は正鵠《せいこく》を射ているのだろう。

「だが、この図式は誰にも知られてはならないことだ」

ウィルフレドの想像だと、ガジャルドたちは自分でも名乗った通り、メルディエタ伯側の人間として処理されることになるはずだ。

「レオノール派の筋書きはこんな風だろう――メルディエタ伯の手の者が監禁場所から強引にウィルフレドを連れ出し、帝国に反旗《はんき》を翻《ひるがえ》す旗印となれと迫った。しかし、帝国の恩顧《おんこ》を――」

ウィルフレドは自分の言葉に冷笑的に鼻を鳴らした。

「――帝国の恩顧を忘れていなかったウィルフレドはそれを断った。それに激昂《げっこう》したメルディエタ伯の手の者は、ウィルフレドを殺してしまった。ヒスパリスの兵を出し、救出に向かったものの間に合わず、痛ましい結果となってしまった。実に遺憾《いかん》である――とかね」

少しでも宮廷の事情を知っている者にとっては見え透いた芝居ではあるが、真偽を確かめる術を持たない民衆にはこれで充分に通用する。

宮廷を牛耳《ぎゅうじ》っているレオノール派としてはそれで充分という認識なのだろう。そしてその認識は決して間違ってはいなかった。

「機を計ってヒスパリスの総督府から兵が派遣されるはずだよ。私を殺した犯人を処罰するためにね。もちろん、秘密を知っている君たちを生かしておく道理はない。抵抗されたとかなんとか、適当な理由をでっちあげて殺してしまうだろうね」

「なるほど、よくできた話だな」

話を聞いたガジャルドは、ふうと大きく吐息《といき》をつき、軽く頭を振った。

「確かに、ヒスパリスの兵に殺されたくなければ、あんたの側に付くのが良さそうだ」

その憮然《ぶぜん》とした呟《つぶや》きに、ウィルフレドが表情を緩《ゆる》めそうになったのも束の間、ガジャルドは再び突き刺すような視線でウィルフレドを睨みつけた。

「だが、あんたの話が本当だという証拠もない」

ウィルフレドの口から舌うちが漏れそうになる。

それを言い出されては、今のウィルフレドにはどうしようもなかった。

ガジャルドに語って聞かせた話は、間違いなくそうなると絶対の確信を持っていたが、それを証明する材料を持ち合わせてはいない。

「それはその通りだけど、君たちにとっては半信半疑のまま私を殺すよりも、雇《やと》い主《ぬし》を裏切るほうがリスクも少ないしメリットも多いと思うよ」

だが、簡単に説得を諦めるわけにはいかなかった。

彼らの説得を諦めるということは、自分の命を諦めるということであったのだ。

「私にとって君たちはレオノール派の非道を証明する材料ともなる。当然、粗略《そりゃく》には扱わないし、もし金銭の報酬《ほうしゅう》を提示されているのなら、その倍は払うと約束しよう」

「……金じゃあ……ねえのさ……！」

苦々しげに顔を歪めながら、ガジャルドは腰の剣を抜き放った。それに呼応するように鞘走りの音が五つ。

六本の白刃がウィルフレドを取り囲んだ。

(人質か……?)

ガジャルドたちに言うことを聞かせるために、レオノール派は彼らの親類などを人質にとっているのだろう。

ウィルフレドが彼らを説得や懐柔《かいじゅう》しようとするのも、すべて想定済みというわけだ。

仕方がないこととは言え、後手後手に回らざるをえない状況に苛立《いらだ》ちが募《つの》る。

「——くっ!」

こうなった以上、のんびりと話を続けるわけにもいかない。

ウィルフレドは素早く踵を反し、真後ろに立っていた一人に体ごとぶつかっていく。

それまで一度も視線を向けようとしなかったためか、その暗殺者はウィルフレドが自分に向かってきたのは想定外だったようだ。

動きにわずかな動揺が見られた。その隙《すき》をのがさず暗殺者を転倒させ、武器を奪おうとする——が。

「ぐう……っ!」

強い衝撃を受け、ウィルフレドの体は吹き飛んだ。別の暗殺者に横合いから蹴り飛ばされたのだ。

「大人《おとな》しくしていろ。苦しむ時間が長くなるだけだ」

ウィルフレドを蹴り飛ばした暗殺者が冷淡に告げた。脅《おど》しというよりは、まさに忠告といった口調が余計に恐ろしさを感じさせる。

暗殺者が剣を振り上げると、細い月光に照らされた白刃が煌《きら》めいた。

（忠告はありがたいが、「はい、そうですか」と殺されるわけにはいかないよ……！）

金属と金属のぶつかる激しい音が響き渡った。

振り下ろされた暗殺者の剣を、ウィルフレドは鉄製の手枷で受け止めたのだ。

そんなことを狙《ねら》ってやろうとしてもそうそう上手《うま》くいくはずもない。奇跡的――とまでは言わないが、運が良かったのは確かだ。

ウィルフレドは素早く足を蹴りあげるが、軽々と避けられてしまった。更に、視界の端のほうで、ガジャルドが詰め寄ってくる姿も見える。

総数六名の暗殺者たちであったが、一斉にウィルフレドに襲い掛かってくるようなことはなかった。半数ほどは距離を置き、ウィルフレドの逃げ場を塞《ふさ》ぐように周囲を取り囲んでいる。

その手慣れた冷静さが、ウィルフレドの首をじわじわと絞めていた。

（くそっ……ここまでなのか……⁉）

元々ウィルフレドは荒事を得意としていない。手枷がなかったとしても、六人の手練《てだれ》に囲まれた状況を突破するのは難しかっただろう。

その上、仮にこの六人を突破できたとしても、次にやってくるのはヒスパリスの総督府から派兵されたレオノール派の兵士たちだ。そちらは、十や二十ではきかない数だろう。

どうあがいても絶望的だった。

「あっ⁉」

ぎりぎりのところで三度までガジャルドの斬撃をかわしたウィルフレドだが、そちらに気を取られ、もう一人の暗殺者の放った一撃を足に受けてしまった。

傷自体はさほど深くはない。だが、強《したた》かに足を打たれ転倒してしまった。しばらくはまともに歩くことも難しいだろう。

「……悪いな。恨むんなら、自分の生まれを恨んでくれ」

地面に転がったウィルフレドに、ガジャルドの冷酷な言葉と無慈悲《むじひ》な一撃が同時に振り下ろされた。

＊

口は達者な方で、頭の回転もそこそこ速い方だ。

ウィルフレドはそう自負しているのだが、それでも何と言っていいのかわからなかった。

だから、というわけでもないのだが。

「こんばんは、妙なところで会うね」

とりあえず挨拶《あいさつ》をしてみた。

だが、相手の投げかける視線を見るに、随分と間の抜けた反応だったようだ。自分でも自覚していないわけではなかったが。

事実ははっきりとしている。

ウィルフレドの命が救われたということだ。

「とにかく、助かったよ。ありがとう、けも……いや、ククル」

ククル。

獣姫《けものひめ》とも呼ばれるその少女は、礼を言うウィルフレドを冷ややかな視線で見下ろすばかりだった。

あの時――。

ウィルフレドの命が死神の鎌《かま》によって刈り取られそうになった、あの瞬間。

目の前から彼にとっての死神の体現者であったガジャルドの姿が消えた。

少なくともウィルフレドには消えたとしか思えなかった。

しばらくの間をおいて、少し離れた場所にどさりとガジャルドの体が落下するのを見て、ようやくガジャルドが何かによって吹き飛ばされたのだとウィルフレドは理解した。

それから先はよく憶えていない。

唖然《あぜん》としたまま何度か瞬《またた》きをしていたらすべて終わっていたという印象だ。

どこからやってきたのかもわからない。とにかくあまりにも唐突に、ウィルフレドの前に現れたククルは、長柄《ながえ》の武器――と呼ぶのもおこがましいような、無造作に木を削っただけの身長ほどの長さの棒――を振るい次々と暗殺者を薙《な》ぎ倒《たお》していった。

その姿は、まるで舞い踊っているかのようで、ただひたすらに美しく、ウィルフレドは自分の状況も忘れ、彼女の姿に見入ってしまっていた。

ククルは事もなげに六人すべてを倒すと、ゆっくりとウィルフレドに近づいてきた。

頼りなげな細い月の光でもお互いの表情がわかるほどに近づいた時、ククルは確かに口を開いた。

何を言おうとしたのかはわからない。

その直後、ヒスパリスの方から聞こえて来た馬蹄《ばてい》の響きが、その口を再び封じてしまったからだ。

そろそろウィルフレドがガジャルドたちに殺された頃合いだと、そう思ったレオノール派が兵を連れてやってきたのだろう。

ガジャルドたちを《ウィルフレド殺害の犯人》として殺すのが彼らの役目だが、万が一ウィルフレドが殺害されていなかった場合には、どさくさに紛れて彼を排除してしまうつもりでもあるだろう。

「まずいな……」

思わずウィルフレドが呟いた次の瞬間に、彼の体はククルによって持ち上げられていた。

「えっ？　え？　ええ……？」

唐突に肩に担ぎ上げられてしまい、さすがのウィルフレドも困惑《こんわく》してしまう。

しかしククルは狼狽《ろうばい》するウィルフレドなど意に介せず、ものすごい勢いで駆けだした。

ウィルフレドを担ぎ上げながらも、その駆け足は馬よりも速いのではと思えるほどの速度だった。改めて彼女の身体能力の凄《すご》さを思い知らされる。

どれほど走った頃だろうか。距離にして二トリア（約六キロメートル）ほども走り、眼下に海を臨《のぞ》む断崖までやってきた。

突然、ククルが断崖から飛び降りた時は肝《きも》を冷やしたが、ほんの二コルム（約四メートル）ほど下に張り出した岩棚があり、そこに着地をした。

ウィルフレドは岩棚に放り投げられるように、ククルの肩から降ろされた。当然、背中に鈍い痛みが走ったのだが、その痛みによって、ようやく自分の命が助かったのだと実感することができたのだった。


——それが、ここに至るまでの状況であった。

ウィルフレドの挨拶にも礼にも、ククルからの返事はなかった。

彼女への言葉はすべて亜人《フ・ボホル》の言葉を使っていたから、言葉がわからなかったということもないだろう。

おそらく彼女自身、自分の行動をまだ消化しきれていないのだ。

なぜ、自分はこの男を助けたのか。なぜ、この場で首を締め上げてしまわないのか。

もちろん、相応に理由があってのことだろうが、それが本当に正しいのか、自分はひどく間抜けなことをしているのではないか、そう迷い悩んでいるのかもしれない。

「……礼などいらない」

ぼそり、とククルは呟いた。

彼女にとっては礼を言われるような行為ではないのだろう。

「君がどう思っているにせよ、君が来てくれなければあの場で私は死んでいた。そのことについて礼を言うのは当然のことだ」

ウィルフレドは足の痛みを堪えながら立ち上がると、ククルに対して深く頭を下げた。

「ありがとうククル。君は命の恩人だ」

「う、ぐ、ぐ」

ククルの口から漏れたのはうめき声だった。

憎むべき敵から頭を下げられ、喜ぶべきか、勝ち誇るべきか、平静を装うべきか、どれにも決められなかったせいだろう。

(基本的に、根が善良なんだな)

ウィルフレドは自分の考えが間違っていなかったことを知った。

再び腰を下ろしつつ、ふうと大きく息を吐き出した。

「なかなか来てくれなかったからちょっとハラハラしたけど、結果的にはこうして助けられたわけだしね。予想通り——と言うほどの簡単な状況じゃあなかったけど、布石が生きてほっとしたよ」

はははは、と笑いながら漏らしたウィルフレドの言葉に、ククルはぴくりと眉《まゆ》を跳ね上げた。

「今、何と言った？」

「ん？　助けが間一髪《かんいっぱつ》だったから焦《あせ》ったたって意味だけど——」

意味が伝わりづらかったかとウィルフレドが言い直すが、「そうじゃない！」とククルは嚙《か》みつくように言った。

「クゥがお前を助けることを、予想通りだと⁉」

目を剝くククルに、ウィルフレドはわずかに首を捻《ひね》った。

「まあ、だいたい予想通りではあったかな」

本当にウィルフレドの予想通りに進んでいれば、ぎりぎりの命の遣《や》り取《と》りをすることもなかったのだが、結果的に助かっているのだから予想通りと言ってもいいだろう。

「聞き捨てならない。お前は、最初からクゥが助けに来ると思っていたと、そう言いたいのか？」

「もちろん確信を持っていたわけじゃあないけどね。まあ、四分六分くらいの確率で助けに来てくれるんじゃあないか、とは思ってた」

結果的に賭《か》けには勝ったが、四分に賭けるというのは、ウィルフレドにしてみればかなり冒険的なことだった。

だが、ククルにとっては、四割の確率で自分がウィルフレドを助けると思われていたなど、信じられないことなのだろう。

目を吊《つ》り上げ、抗議する。

「そんな馬鹿な話があるか。クゥがお前を助ける道理なんてない。なのに、なぜそんなことがわかる？　クゥにだって――」

ククルは途中で言葉を止めてしまい、その後はもごもごと口の中で何かを呟いただけだった。

彼女が何を言おうとしたのかはわかる。

「ククルにだって、なぜ助けに来たのかわからないのに」ということだろう。

おそらく彼女自身、ここまで葛藤《かっとう》の末にやってきた。

ククルにとってウィルフレドは憎き敵であり、苦難を与えた張本人でもある。何者か
に殺されても「ざまあみろ」と思うだけで、何の痛痒《つうよう》も感じない。どうせなら自分の手
で殺してやりたいという気持ちはあるが、そのためだけにわざわざ労力を払うのも馬鹿
らしい。ただ、ちょっとした借りがないわけでもない。

などなど。

ウィルフレドは、ククルが自分でもわかりかねている彼女の複雑な心情をすべて読み
解いていた――などと言うつもりはない。

ただし。

「なぜって……そりゃあククル、が私を助ける道理があるからさ」

ククルが自分を助けた時、彼女にどんなメリットがあるのかは正確に把握《はあく》していた。

「今の君の目的は何かと考えた時、やはり最優先されるのは《南大陸への帰還》だろう。

でも、君には海を渡る術がない」

ウィルフレドは亜人たちが航海術を持っているという話を聞いたことがない。もし彼らに海上航行の手段があるのなら、もっと北大陸の人間たちと交流があったはずだ。交易にしろ戦争にしろ、人間たちと何らかの関わりを持っていただろう。

それがないということは、亜人たちは海を渡る技術を持ってはいないということ。

「海を渡る術を持たない君が南大陸に帰るためにはどうするか。方策はいくつか思いつくけど、一番単純なのは《その技術を持っている者の力を借りる》だろうね。もっと簡単に言うなら、《船を奪う》だ」

もちろん、ただ船を奪うだけではなく、その船を動かすことのできる人物に協力を約束させることも絶対条件である。

これは本来なら難しい条件だが、〝獣姫〟の力をもってすれば、小型船ならばたった一人でも制圧し、船員を脅しつけて力づくで協力させることは可能だろう。

「君にとっての問題は、船を制圧することじゃあなくて、自分の行き先を伝えられないことだ。普通のアルガント人は、君たちの言葉を理解することができないからね」

ククルもほんの少しならアルガント語を理解しているようだが、それだけで自分の行き先を正確に伝えることは難しい。

「つまり、君に必要なのは《通訳》なのだけど、話すこともできず、知り合いもいない君に、都合よくそんな人物が見つけられるかと言えば、否《いな》と言うしかないね」

皇太子という特権的立場だったウィルフレドでさえ、亜人《フ・ボホル》の言葉を理解している者を探すのに随分と苦労したものだ。

「ところが、君は一人だけ《通訳》をできる人間を知っていた」

「ぐ……」

ククルは、ぎりっと歯噛みをしながらウィルフレドを睨みつける。

まさに図星、といったところなのだろう。

「その私が殺されるという話を聞いた君は――」

正確には、《殺される》という話ではなかっただろうし、そもそもにしてククルがどの程度、噂《うわさ》や伝聞を理解できていたのかも怪しいところだ。

だが、捕縛されて引き廻されるウィルフレドの姿を見たとすれば、それが並々ならぬ状況であることだけは理解できただろう。

「私に死なれては困る――いや、これはちょっと違うか――私に協力させたほうが得だと、殺されそうになった私を助けてくれたわけだ」

「クゥがここにいなかったら……いや、お前が連れて来られたのがこの周辺でなかったらどうする？」

「その可能性は低い。君に言って理解してもらえるかはわからないが――」

アルガント帝国は四か国と国境を接している。国境線は北と東に集中しており、西と南には海が広がっている。

レオノール派が一番避けたいのは、ウィルフレドがメルディエタ伯の庇護下《ひごか》に入ることだ。だから、メルディエタ伯の領地のある西域に近づかせるようなことはしない。

次に避けたいのは、諸外国がウィルフレドに利用価値を見出《みいだ》し、身柄を確保すること。よって、北や東の国境にも近づかせない。

「結局、私を国外追放しようとすれば、南の国境に放り出すしかない。つまり、ここだね」

ウィルフレドは自分の足元を指さしながら朗《ほが》らかに笑った。

一方、語るウィルフレドを見る内に、ククルの表情はまるで不味《まず》い料理をそれと知らず食べてしまったかのように、どんどん歪んでいく。

「不愉快《ふゆかい》」

「え？　そうかい？」

ククルはこくりと頷《うなず》き、もう一度はっきりと言った。

「不愉快だ。お前はこうなることをすべて読んでいたようだ。まるでクゥはお前の掌《てのひら》で踊らされていたみたいじゃないか」

「それは誤解だ。いや、買い被《かかぶ》りすぎって言うべきかな」

不満げな表情を浮かべるククルに、ウィルフレドは苦笑しながら首を振る。

「君に助けられたのも、いくつか打った布石のひとつがたまたま上手く機能しただけに過ぎない。結果として成功したから、偉そうに言えただけさ」

不安要素はいくらでもあった。

先程は四分六分と言ったが、それはあくまでもウィルフレドが殺されそうになっていることを知ったククルが助けにくるかどうかだけの確率だ。

他のさまざまな要件を考慮すれば、一割あるかないかだろう。

もっとも、その一割に賭けたというわけではなく、成功率一割の布石をいくつもバラ撒《ま》いていたからこその成功でもあるのだが。

「クゥは石か」

ククルの感想はそんな短いものだった。

「そうだね」

ウィルフレドもあっさりと認める。

道具扱いされてククルが怒るかもしれないとは思った。だが、彼女にはお為《ため》ごかしの嘘《うそ》を言うより、正直に思うところを言ったほうがいいような気がした。

「私は帝都を追われた時のために、いくつかの布石を打っていた。あれが駄目だったらこれ、これが無理ならそれ、という風にね。君がその内のひとつであった……私がそう見ていたのは確かだ」

さて、どうでるか。

「お前はすごい」

飛び出たのは賞賛《しょうさん》の言葉だった。

意外と言えばあまりに意外な言葉に、「はあ？」と思わず間の抜けた返答をしてしまうウィルフレドだった。

「その、フセキ？　誰かが自分の有利に動くように予《あらかじ》め準備をしておくというのは、フ・ボホルにはあまりない考え方だ。クゥは自分の意志で行動していたつもりだが、結果として、お前の思う通りに動かされていたのは事実だからな。不愉快だが、認めなくてはならない」

ウィルフレドをじっと見つめるククルの瞳には、嫌悪や憎悪以外の色が見えるようになっていた。

「ニンゲンの言葉はあまり知らないが、お前のような者を《サクシ》と言うのだろう？」

「《策士》か。確かにそう呼ばれることもあるかな」

「クゥはサクシとも戦った。だが、そういう奴《やつ》らは勝手にこちらの動きを想像するだけの奴らだった。お前はそれとは違う」

サンマルカ要塞《ようさい》の将軍たちの話だろう。

《敵はこう動くはずだ》という思い込みは、策を立てる者にとって最も陥りやすい誤謬《ごびゅう》のひとつだった。

その思い込みが幻想だったと知るのが、《策士策に溺《おぼ》れる》ということだ。

ウィルフレドは、溺れられるほど自分の策に自信を持ったことは一度もなかった。おそらくはそこが、凡百《ぼんぴゃく》の策士と〝黒狐〟と呼ばれる者の差であろう。

「だから、お前はすごい」

自他に言い聞かせるようにククルは告げた。

ウィルフレドは、そんな彼女を呆然《ぼうぜん》と見詰めた。見続けた。どう反応すればいいのか、何と言葉にすればいいのか、わからなかった。

「そんな風に君から褒《ほ》められるとは思わなかったな……」

照れくさそうにはにかむウィルフレドに、ククルは当然だと言わんばかりに胸を張り鼻を鳴らした。

「クゥは誇り高き《峰《いただき》に立つ牙《きば》》の民だ。素晴らしき力には、敬意を払う。それがどんな嫌なヤツだとしてもな」

《峰に立つ牙》とは、亜人の一部族の名であった。

付け加えるならば、部族名であると共に、種族名でもある。

《峰に立つ牙》の民は、一言で言うのならば、狼の獣人の種族であり部族であった。

彼らは例外なく頭に尖《とが》った耳、手に鋭い爪を持ち、尻からは毛の生えた尻尾《しっぽ》が伸びている。

……いや。

ただひとつの例外が、ここにいる少女であった。

詳しい事情はわからぬが、ククルは《峰に立つ牙》の民と共に暮らし、彼らの一員として認められているということだろう。

「好悪《こうお》を抜きに他人の能力を評価できるのはそれだけで素晴らしいことだ。私も君と《峰に立つ牙》の民に敬意を払うよ」

ウィルフレドの賛辞に、ククルが口の端を吊り上げてニヤッと笑った。

それは、ウィルフレドが初めて見る〝獣姫〟の笑顔であった。

＊

「お前は、これからどうするのだ？」

「それを君が問うのかい？　もちろん、君が南大陸に帰れるように協力するさ」

「しかし、その場合クゥに付いてくることになるだろう？」

「そうだね。少なくとも、南大陸に着くまでは一緒にいることになるかな」

「そうか」

ククルが頷き、短く答えた——その瞬間。

彼女の手がさっと蠢《うごめ》き、あっと思う間もなく、ウィルフレドの喉元《のどもと》に手にした棒の先端が突きつけられていた。

「だが、妙な真似《まね》などしてみろ。遠慮なくその首を刎《は》ね飛《と》ばす」

これまでもククルは、一度は策に嵌《は》められ捕えられ、一度は駒としていいように扱われた。この上、騙《だま》されては堪《たま》らないと釘《くぎ》を刺しにきたのだろう。

突きつけられたのは、鋭利な部分などないただの木の棒であったが、ククルの手にかかれば文字通り死神の鎌にもなる。

元々ククルにとってウィルフレドは憎むべき敵である。単なる脅しというわけではないはずだ。

そしてそれは、ウィルフレドもわかっているはずなのだが——。

「大丈夫大丈夫。それより、今後の相談をしよう」

まるで一顧《いっこ》だにしていないかのように、からからと気安く笑うのだった。

「さて、海を渡るためには船を調達しなきゃならないわけだけど、やっぱり力づくで奪っちゃうのがてっとり早いよね。ククルの力を当てにするとしても、あまり大きいと制圧に手間どるし、でも小さいと航海が心配だし、見極めが難しいね。一度港まで行って、船を物色しようか？」

「……？」

次々と言葉を紡《つむ》ぐウィルフレドは、語る内にどんどんとその表情が輝いていく。

無邪気な――というには内容が物騒すぎるが、玩具《おもちゃ》を与えられた子供のような表情ではあった。

興奮した様子で次々と言葉を紡ぐウィルフレドの様子を、ククルは怪訝な顔つきとなって眺めている。

「ああ、でもヒスパリスはまずいな。西……いや、東だな。東の港町まで移動しよう。確かフォルメンテという町があったはずだ。そこならヒスパリスより警備も薄いだろうし、船も襲いやすい。港の規模が小さい分、手ごろな大きさの船も見つけやすいかもしれない」

語るというよりもはや独《ひと》り言《ごと》のようになって、自分の世界に没頭していきそうになっているウィルフレドだった。

「な、何か……楽しそうだな？」

「え？　そうかな？　そう見える？」

「まあ、な」

ククルに告げられ、戸惑《とまど》うウィルフレドだったが、

「そうだね、楽しんでるかもしれない」

すぐにニコリと笑って首肯《しゅこう》した。

「だって、これって、いわば海賊行為《かいぞくこうい》ってやつだろう？　皇太子時代はさすがにここまで思い切った行為をするのも難しかったからね。でも、今はもう国家に叛逆《はんぎゃく》する大犯罪者扱いをされてるんだから、なんの遠慮もなしにできるってものさ！」

「…………」

この上なく陽気な声を上げるウィルフレドを、ククルは黙ったまま半眼でじーっと見つめる。

「クゥはニンゲンの国なんてどうなろうと知ったことではないが、お前がコウテイとやらにならなくてよかったと思うぞ」

「突然だね。急にどうしたって言うんだ？」

「クゥは知ってる。お前のようなヤツをニンゲンの言葉で《クソヤロウ》と言うのだろう？」

「ひどいな！　どこで覚えたんだ、そんな言葉⁉」

ククルのアルガント語の語彙《ごい》がどの程度あるのか知らないが、よりにもよってそんな言葉だけはしっかりと憶えているようだ。

「私は、君を仲間の元に無事に帰すために頭を捻っているというのに」

「ああ、そうだな。感謝するぞ、クソヤロウ」

ぶつぶつと不満を漏らすウィルフレドに、うんうんと頷きながらククルが感謝するような素振りはまったくなく言ってのける。

これまでにも屈辱的《くつじょくてき》な呼び名で呼ばれたことは何度かあるが、さすがにここまで直接的なものは初めてだ。

「その呼び名が定着するのだけは勘弁してほしいなあ……」

ウィルフレドの呟きは、白み始めた払暁《ふつぎょう》の空にむなしく響いて行ったのだった。

三章

El avandono levanta
la bandera de la bastardis

峰に立つ牙

ヒスパリスを脱出してより半月あまり。

ウィルフレドとククルの二人は、ようやく南大陸にある《峰《いただき》に立つ牙《きば》》の民の居留地に辿《たど》り着《つ》いた。

「ク⁉　ククルっ⁉」

「み、みんな！　ククルだ！　ククルが帰ってきたぞーっ！」

「⁉　ちょ、ちょっと待て！　あれ、ニンゲンじゃないのか⁉」

「ほ、本当だ！　ニンゲンだ！　ニンゲンがやってきた！」

《峰に立つ牙》の民の集落は、狭い渓谷の底にあった。

ひとまたぎできてしまうほどの狭い川が流れ、その両側に三角錐《さんかくすい》形の天幕がいくつも並んでいる。

さらにその外側は切り立った崖《がけ》であり、周囲からは完全に隠された立地だった。

ウィルフレドは、隠れ里の趣《おもむき》さえあるその集落に、史上初めて足を踏み入れたアルガント人だった。

（光栄ではあるけど、やっぱり《史上初の人間》に比べればインパクトは落ちるかな）

ククルの背を見ながら、ウィルフレドはそんな風に考えていたが、彼の登場が集落に与えた衝撃は、並々ならぬものだった。

まして、帝国軍に捕らえられ、音信不通となっていたククルまでもが一緒に戻ってきたのだ。集落は上を下への大騒ぎとなってしまったのである。


「まったく。とんだ騒ぎを持ち込んでくれたものだねえ」

ふぅ……と口から紫煙《しえん》を上らせながら、物憂《ものう》げに呟《つぶや》いた女性が、この《峰に立つ牙》の民を纏《まと》める首長であるらしかった。

部族の者たちに警戒されつつも、ウィルフレドはククルと共にひとつの天幕に案内され、首長と対面することになった。

首長の天幕と言っても他と比べて豪華なわけではなく、むしろ小さく質素であった。

幕内の中央に焚《た》かれた焚火《たきび》を挟んで、ウィルフレドは首長と正対した。

「ごめん、シュムカ。でも……」

シュムカ。

それがこの女性の名なのだろう。彼女を前にしたククルは、これまで見せてきた威勢からは信じられぬほどに、小さく縮こまっている。

ククルの様子だけに限らず、ウィルフレドの登場ですっかり動揺し混乱し、遂には狂乱の域にまで達しそうになった集落の民が、「とりあえずシュムカの判断を仰ごう」との意見で一致し、落ち着きを見せていった様子からも、この女性が人々から尊敬される偉大なリーダーであることが窺《うかが》えた。

「いいよ、別に責めてるわけじゃないさね。ひとまず、この兄さんと話をさせてもらえるかね」

「うん。ごめん……」

ますます小さくなるククルを横目に、シュムカはちらりと視線をウィルフレドへと向けた。

「さて、兄さん。あーしらの言葉は話せるのかい？」

「まだ慣れていませんので、わかりづらいところもあるかもしれませんが、少なくともククルとの会話で不自由を感じたことはありませんね」

「ほーう、立派なもんだねえ」

口ではそう言いながらもあまり関心があるとも思えない様子で、シュムカはパイプを煙らせていた。

常に倦怠感《けんたいかん》が漂う様子から、随分と老成して見えるが、おそらくそれほど年を取っているわけではない。

見た限りでは三十になるかならぬかの年齢だろう。亜人の成長が人間の成長と同じなら、ではあるが。

「ま、そういうことなら、遠慮なくはっきりと訊《き》かせてもらおうか」

パイプから煙草《たばこ》を焚火に落とすと、シュムカは改めてウィルフレドを正面から見据えた。

「あーたの目的はなんだい？」

突き刺すような視線だった。

それまでの倦怠がまるで嘘のように、強く攻撃的な視線だった。

実際、パイプを持ったその手の指先には、小型の刃物を思わせるような鋭い爪が生えている。その手を一振りすれば、ウィルフレドの首など造作もなく刈り取られてしまうことだろう。

並の者であれば震えあがったかもしれないが、ウィルフレドは微笑を浮かべさらりと視線を受け流した。

「私の目的は生存ですよ。逃亡と言ってもいい」

「逃げ延びてきた先が偶然ここだった――と？」

「ま、そうなりますか」

「随分とまあ情けない言《い》い種《ぐさ》だねえ。〝アルガントの黒狐《くろぎつね》〟とまで恐れられた男の吐く台詞《せりふ》とも思えないじゃないか」

（……知っていたか）

ククルが教えたわけではない。部族の他の民の様子を見ても、彼がアルガント帝国の人間であることはわかっていても、どのような立場にいる者なのかを知っている素振りはなかった。

だが、やはり集落を統《す》べる長だけのことはあるということか。

もっとも、ウィルフレドとしてもいつまでも隠し通すつもりもなかった。知られているなら知られているで話が早い。

「所詮《しょせん》は〝狐〟ということですよ。虎や獅子《しし》ではなかったといういい証拠でしょう」

そもそも〝アルガントの黒狐〟は蔑称《べっしょう》に近い。

戦場で策略を巡らすウィルフレドの小賢《こざか》しさから敵将が呼び始めた名だが、父である皇帝ディエゴI世が〝猛虎帝《もうこてい》〟や〝アルガントの餓虎《がこ》〟などと呼ばれていたのとも無関係ではない。

つまり、皇帝《とら》の威を借る皇子《きつね》というわけだ。

「私は国を追われ、故郷に戻ればただ死を待つだけの身です。他に方策がなかったわけではありませんが、与えられた状況でもっとも生き延びる可能性の高そうな選択をしていたら、いつの間にかここまで来ていただけです」

話を聞きながらシュムカは再びパイプに煙草を詰め、火を点《つ》ける。

ぷかりと紫煙を吐き出しながらウィルフレドに向けた視線は、憐憫《れんびん》と侮蔑《ぶべつ》の入りまじったものだった。

「それでここに？　やれやれ、確かにあーたのご自慢の頭脳とやらもすっかりと錆《さ》びついているようだねえ。ここを生き延びる可能性が高そうとか考えているなんて、正気の沙汰《さた》とは思えないよ」

シュムカのウィルフレドを見る目は、拒絶するようでもあり探るようでもあった。

「あーしらの仲間がニンゲンに殺されたのは、ついこの間のことだ。ニンゲンに恨みを抱いていないヤツを探す方が難しい。ましてそれを指揮していたのがあーただって知れ渡ったら、あーたのことを何べん八つ裂きにしても飽き足らないなんてヤツは、ここにはいくらでもいるよ」

ふぅっとシュムカが吐き出した煙が、ウィルフレドの頬《ほお》を撫《な》でる。

「最善の行動であったかと問われれば、自分でも首を傾《かし》げるところですね。ただ、私の命を救ってくれたのはククルでしたから――」

ちらりと横目でククルを見ると、彼女は突然名を出されて驚いたような表情でウィルフレドを眺めていた。

「彼女がここに帰ってくるために必要だったから、私は助けられたのです。だから、せめてククルが無事に帰り着くまでは同行するのが筋というか……恩返しかな、と思いましてね」

「ふーん。意外と義理堅いんだねえ。その結果、クゥに救われた命を、あーしらに奪われても構わない、と覚悟をしてきたってわけなのかね？」

その問いの答えは、聞くまでもないことだっただろう。

シュムカは確信していただろうし、彼女が確信しているとウィルフレドも確信していた。それでも、答えないわけにもいかなかった。

「まさか。私はそこまで潔《いさぎよ》い人間じゃありません」

肩を竦《すく》め、自嘲《じちょう》気味に苦笑を浮かべる。

ウィルフレドは表情を真剣なものに改めると、姿勢を正しシュムカを正面から見据《みす》える。

「あなた方にとって、私の身柄はアルガント帝国に対する切り札となり得ます」

少し頭の働く者ならば、ウィルフレドの利用方法はいくらでも見つけられるだろう。

ウィルフレドにとっての最大の難関は、集落の首長が、人間と見たらただひたすらに殺すことしか考えないような感情的な性格であるかどうかだった。

そのハードルに関しては、おそらく超えられたと言っていい。だが、シュムカは逆の方向で少々手ごわい人物であるようだった。

「そうかい？　聞いている限りだと、あーたはアルガントとやらの連中に命を狙《ねら》われているんだろう？　そのあーたに人質としての価値があるとは思えんね」

「確かに、今のアルガントを牛耳《ぎゅうじ》っている者たちは私のことを殺したくてたまらないでしょうね。ですが、だからといって『ちょうどいいから亜人ごと殺してやれ』とはならないはずです」

「簡単に言うね。理由は？」

「理由は二つ。第一に、あなた方亜人は強いということ。第二に、アルガントにとってこの土地は魅力的ではないということ」

指を二本立てながら、ウィルフレドは説明を始めた。

「これまでも亜人には苦戦してきたのですから、亜人ごと私を殺そうと考えれば、アルガントも相応の犠牲を覚悟せねばなりません。そして、仮に首尾よく亜人を攻め滅ぼし私を殺したとして、手元に残るのは不毛な――少なくともアルガントは不毛だと思っている――この土地だけです」

ウィルフレドが語る間、ククルの表情はころころと変わっていた。

勝ち誇ったような表情で頬を緩《ゆる》ませたかと思えば、眉《まゆ》を寄せ目を吊《つ》り上げて睨《にら》みつけたりもする。

「強いと褒《ほ》められて喜ぶべきか、貧しいと貶《けな》されて怒るべきか、難しいところさね」

紫煙と共にシュムカが吐き出した言葉が、端的にククルの気持ちを代弁していた。

「アルガント側にしてみれば、交渉で私の身柄が取り戻せるならその方がいいに決まっています。この土地にさしたる価値を見出《みいだ》していないのですから、ある程度の譲歩《じょうほ》もしてくるでしょう」

「なーるほど、そいつは良い考えだ。さっそく、アルガントの連中と交渉して、あーたと交換で土地を還してもらおう」

ポンと手を拍《う》ち、シュムカはそんなことを言い出すが、

「――ってなったら、あーたは困るんじゃないのかい？」

「困りますね」

ウィルフレドは苦笑を浮かべながらはっきりと頷《うなず》いた。

内心では、手ごわいな……とも思っていた。

だが、彼女の手ごわさは、決して悪い材料ではない。

これまでのシュムカの言葉から、彼女が理知的な女性であることはよくわかる。理《ことわり》と

利を説いていけば、ウィルフレドを理不尽に扱ったりはしないだろう。

「それでも少なくとも交渉がまとまるまでの間は、生き延びられることになりますからね」

「それで満足するってのかい？　ちょいと志《こころざし》が低いんじゃあないかね？」

「そんなこともありませんよ。命さえあれば、その間に他の方策を考えることもできます。状況を動かすことだってできるかもしれない」

あまり信用している風でもない様子でシュムカが「例えば？」と訊いてくる。

「例えば、亜人族の中で私の存在感が増す、とかですかね。亜人族に私を必要とされるようになるのが理想ではありますが」

「あり得るかねえ、そんな状況」

シュムカは胡散臭《うさんくさ》そうに顔を歪《ゆが》める。

「仮に、アルガントと亜人族が交戦状態に入ったとして、私の存在を公表すれば、それはアルガントにとって無視できないもののはずです」

「あーたが〝アルガントの黒狐〟だからかい？」

「ええ。私の名を恐れ、兵の士気は下がり、将は余計な考えを持つようになる。これだけでも多少は勝敗を左右するかもしれません。加えて言うのならば、私はこの南大陸に駐留するアルガント軍をよく知っています」

弛緩《しかん》しきった表情でウィルフレドの話を聞いていたシュムカが、その時ぴくっと片眉を上げた。

「あーしらに協力して、ニンゲンと戦おうってのかい?」

「私に出来得る限りのことはさせてもらいますよ」

シュムカはしばらく黙ったままウィルフレドを見つめた。ウィルフレドの顔から何かを読み取ろうとしているのだろうか。

「調子のいいことをペラペラと喋《しゃべ》ってくれたが、要するにそれはあーたがアルガントを裏切ることで成立する話だ。その覚悟があるってのかい?」

「私は既に国から捨てられた身ですよ? 今更、裏切るも何もないでしょう」

表情は変えず、微笑のまま。声にも揺らぎはなかった。

ウィルフレドの言葉には、嘘《うそ》や演技の臭いは何もしなかったはずだ。そもそもウィルフレド自身に嘘をついているつもりもなかった。

だが。

「嘘だね」

シュムカはきっぱりと断言する。

「ま、嘘ってのは言い過ぎかもしれない。あーたにとってアルガントって国が大した意味を持っていないのも本当だろう。だけどね、あーしらの側に付くってことは、あーたの親しいニンゲンとも殺しあうってことだ。今のあーたに、その覚悟が出来ているとは思えないね」

手厳しい指摘だった。

さすがのウィルフレドでも淀《よど》みなく答えるというわけにはいかなかった。

「そうですね……親兄弟や友人をこの手で殺せるかと問われると、すぐには答えが出ません。それを覚悟がないと言われるのなら、その通りでしょうね」

「はっ、正直だね」

「嘘を言うべき時は弁《わきま》えているつもりですよ。嘘をついてまで自分の価値を上げても後が怖いですからね。今は大人《おとな》しく判断を待つのみです。私の命には価値はないと判断なされますか？」

「そうさねえ……」

しばらくの間、シュムカはパイプを吹かしながら煙の立ち上る虚空《こくう》を見つめていた。

その表情は迷っているというよりも、判断を面倒に思っているように見えた。その証拠に——というわけでもあるまいが、不意にそれまで押し黙っていたククルへと視線を投げかけたのだった。

「クゥはどう思ってんだい？」

「え？　く、クゥが……何？」

「何じゃないよ。あーたは、この兄さんとしばらく一緒に過ごしてきたわけだろうが。そのあーたから見て、この兄さんはどう映った？　はっきり言うなら、生かすべきか、殺すべきなのか」

「あ、え、と……」

指名されて、ククルは困ったように視線をふらふらと彷徨《さまよ》わせる。挙句《あげく》の果てに助けを求めるような視線をウィルフレドに向けるのだから、相当に動揺しているらしい。

野性味の中にもどこか凛《りん》としたものを感じさせる、まさに〝獣姫《けものひめ》〟という印象の強かったククルだが、仲間の元に帰ってきて安心したのか、それともシュムカの前だからか、妙に幼《おさな》さを感じさせる。

「クゥは……よく、わからない」

「はあ？」

という声と共にシュムカの口から輪になった煙がぷかぷかと立ち上る。そのどこか間の抜けた光景がシュムカの心情を表していた。

確かに「どう思う？」「わからない」では、間の抜けた会話だ。

シュムカの瞳に失望の色が浮かんでいく。

それがククルにもわかったのだろう、慌《あわ》てた様子で口を開いた。

「ほ、本当によくわからないんだ。この前の戦いの時、こいつのせいで大勢の仲間《フ・ボホル》が死んだ。絶対に許せない、殺してやりたいと思う……けど……けど」

言いづらそうに口を閉ざしてしまうククル。「けど？」とシュムカに促《うなが》されて、ようやく渋々といった感じに言葉を続けた。

「……けど、こいつがいなければクゥは間違いなく死んでいた。だから……少し、感謝もしてる」

ちらりとウィルフレドに視線を這《は》わせるククルは、気恥ずかしさと悔しさの入り混じった表情をしていた。

ウィルフレドの前でだけは言いたくなかったことだろう。

別に自分が悪いわけではないのだが、妙に申し訳のない気分になってしまうウィルフレドだった。

「あと、すごいヤツだとは思う」

ものすごい早口でそれだけ付け加えると、ぷいっとソッポを向いてしまう。その子供じみた素振りが可笑《おか》しかったのだが、自分が笑うわけにはいかないとウィルフレドは笑いをこらえる。

「ふーむ。なぁるほどね」

一方、何の遠慮もなしにニヤニヤと笑うシュムカは、

「ま、そういうことなら、今のところはクゥの顔を立てて、命を奪うのはやめておくこ

とにするかね」

「彼女の判断が基準なのですか？」

やや意外な面持ちでウィルフレドが訊《たず》ねると、「そうだよ」とシュムカは頷いた。

「正直なところ、あーしは面倒なことは嫌いだ。あーたを殺してひとつ面倒事が片付くのなら、それもいいと思ってるくらいさね。でも、一応あーたにはクゥを連れて帰ってもらった恩があるし、そのことを本人も感謝してる。そのクゥが認めてるってんなら、もうしばらく生かしといてもいいかと思ったわけさね」

「……つまり、ククルに感謝しろ、ということですか」

シュムカはニィっと口の両端を吊り上げて笑った。今まであまり意識することがなかったが、そうすると口の中には《峰に立つ牙》の名の通り、牙が並んでいるのがわかる。

肉食獣が獲物《えもの》を前にしたら、きっとこんな表情をするのだろう。

「話の早いヤツは嫌いじゃないよ。あーたにはきっちりと貸しを作っておいたほうがよさそうだからね。あーたの性根《しょうね》はたぶん悪党の類《たぐい》なんだろうけど、借りを踏み倒すのは抵抗があるほうだろう？」

（……まいったな。すっかり読まれてる）

たぶん、シュムカの言うとおりだ。

ウィルフレドは観念したように両手を広げ、肩を竦めた。

「わかりました。ククルへの借りをきっちり返してから、あなた方を裏切ることにしますよ」

一瞬きょとんとした目でウィルフレドを見上げた後、シュムカは愉快《ゆかい》そうにクカカっと笑った。

「いい答えだ。あーしも少しだけあーたを殺すのが惜しくなってきたよ」

天幕の中に響いたシュムカの笑い声が、ウィルフレドがここでの生を許された証明となったのだった。

＊

シュムカとの会談を終え、天幕の外へ出た瞬間だった。

ウィルフレドの体が真横に吹き飛んだ。

あっと思う間もなく、痛みを感じる時間すらなく、気づいた時には仰向《あおむ》けに地面に横たわっていた。

そして、気づいた時には、一人の《峰に立つ牙》の民の少女に馬乗りに伸《の》し掛《か》かられていたのである。

「死ね！」

少女の右手が煌《きら》めく。

鋭い刃物じみた爪が、ウィルフレドの喉《のど》を貫いた――。

かに思えた。

実際には、少女の右手はウィルフレドの喉に届く寸前で止まっていた。

「駄目。やめるんだ、キヤロ」

ククルが寸前で少女の腕を掴《つか》んだのだ。

ククルの口から出たのは叱責《しっせき》の言葉ではあったが、声の響きは懇願《こんがん》のようであり、その表情は泣きそうなほどに震えていた。

「ククルっ！　なんでこいつを庇《かば》うの⁉　ニンゲンだから⁉　ニンゲン同士庇い合ってるってわけっ⁉」

「ち、ちが……う。こいつには価値……利用価値が、ある……から。殺すより生かしておいたほうが、フ・ボホルのためになるって……」

おろおろとククルが説明するが、その様子がかえってキヤロと呼ばれた少女の癇《かん》にさわってしまったようだった。

「利用価値？　ためになる？　そんなこと知ったもんか！　そんなことより――！」

「そんなことより、自分の恨みを晴らす方が大事だってのかい？　そいつは聞き捨てならないねえ、キヤロ」

その時、天幕の奥からシュムカが現れた。

「この兄さんを生かすと決めたのはあーしだよ。文句があるならあーしに言うんだね」

「シュムカは知らないからそんなことを言うっ。こいつはただのニンゲンじゃないんだ！　あたしはこいつを戦場で見てる！　こいつは、戦場でニンゲンどもを動かしていた、ニンゲンの首長なんだ！」

周囲にいた《峰に立つ牙》の民の視線が一斉にウィルフレドに集まった。その瞳が表す感情は、恐怖と憎悪とちょうど半々ほどであっただろうか。

「こいつは――みんなの仇《かたき》だっ！」

もし憎しみでひとが殺せるのなら、この時、既《すで》にウィルフレドの命はなくなっていただろう。

キヤロがウィルフレドに向ける憎悪はそれほどのものだった。

腕を掴むククルの手を振りほどいて、再びその爪を振り上げた。

「キヤロっ！　あーしの言うことが聞けないってのかい⁉」

まさに猛獣《もうじゅう》の咆哮《ほうこう》だった。

びりびりとした振動がウィルフレドにまで伝わってくるかのようだ。

その一喝《いっかつ》に慄《おのの》き、キヤロの動きが停まる。

「あーたが知ってる程度のことは、あーしだって知ってるさね。むしろ、だからこそ利用価値があると言ってんじゃないか。そんなこともわからないからニンゲンどもにしてやられるんだよ」

「ぐ……」

ウィルフレドを戦場で見たということは、敗戦を経験したということだ。その部分を突かれては、キヤロも黙るしかないのだろう。

渋々といった様子ではあったが、立ち上がりウィルフレドから離れる。

無論、その視線から向けられる憎しみの光が弱まることはなかったのだが。

「他のみんなもだよ！　このニンゲンの命はあーしのもんだからね。殺したいっていうなら、相応の覚悟をすることだ」

周囲の民を睥睨《へいげい》して告げたシュムカの言葉に、民の反応は頷くか顔を背けるかのどちらかだった。

半々というわけではなく、ほぼ九対一の割合で頷いた方が多かったことが、シュムカの首長としての指導力を物語っていると言える。

「すまないね、兄さん。ああいう跳ねッ返りもいるのさね」

立ち上がろうとするウィルフレドにシュムカが手を貸す。

「いえ。私の立場からすれば仕方のないことです。むしろその憎悪を思いとどまらせることができる首長のいる部族へ来たことを、感謝するべきでしょうね」

幸運だったというべきだろう。

ククルの集落にいる民と、そこを治める首長がどのような者たちであるのか、それ次第でウィルフレドの命はどうとでも転んでいた。

それなりにククルから聞き出すようにはしていたが、本当のところは実際に会うまでわからないのだから、かなりの大博打《おおばくち》だったと言える。

その博打には勝ったと言っていい。

シュムカは、ウィルフレドが想定していた中でも最良の部類に入る首長だった。

「ただ、こうなった以上、あーたを好きに動き回らせるわけにはいかないよ。ある程度の不自由は受け入れてもらうからね」

かくして、ウィルフレドは再び囚《とら》われの身となったのであった。


囚われの身とは言っても、十五日ほど前までの《アルガント帝国の皇太子を騙《かた》った大罪人》とされていた時より、遥《はる》かに自由の利く身だった。

ひとつの天幕が牢《ろう》の代わりとなったが、錠《じょう》がかけられるわけでもなく、ウィルフレド自身にも枷《かせ》や縄が打たれるわけでもなかった。

不自由というのも、天幕の中には必ず見張りとして《峰に立つ牙》の民が一人以上いて、天幕の外には一人では出るなと釘《くぎ》を刺されていたことくらいだ。

それも、おそらくはウィルフレドの身を守るためでもあっただろう。

そのまま数日を過ごしたが、はっきり言って気楽なものだった。

見張りの亜人を伴えば、外に出ることもできる。南大陸の珍しい動植物を観察したり、《峰に立つ牙》の民の暮らしを見物したりもできた。

囚人というより客人と言ってもいい扱いだ。

ただし、やはり《峰に立つ牙》の民の視線だけは、嫌悪と警戒を含んだものであり、居心地の悪さだけはなくならない。

もっとも、それも想像していたよりも遥かにマシだった。

シュムカの抑えが効いているのもあるのだろうが、意外と人間に対して恨みを抱いていない者もいたのだ。

どうやら、聞くところによると、アルガント帝国の侵攻に際し、すべての亜人が一致団結しているというわけではないようだ。

一応、《亜人連合軍《フ・ボホル》》のようなものが結成されているが、そこへ参加するしないは、各部族、各集落の首長の裁量《さいりょう》に任されていた。

対アルガントの急先鋒《きゅうせんぽう》となっているのが、半人半馬の《野を馳《は》せる蹄《ひづめ》》の民と、牛の獣人である《断崖に吼《ほ》える角》の民であり、この二種族は既にいくつかの集落を攻め滅ぼされていたこともあって、ほぼすべての集落が連合軍に参加しているという。

次いで《峰に立つ牙》の民と、熊の半身を持つ《洞《ほら》に座す爪》の民の数が多く、六から七割ほどの参加率のようだった。

連合軍に関して、シュムカは「行きたい奴《やつ》は行け」という姿勢であったらしく、この集落の中からの参加者はさほど多くはなかった。血気盛んなククルやキヤロといった三十名ほどが加わっていたらしい。

先の戦い――ウィルフレドがアルガント軍の指揮をした戦い――において、その三十名は十二名までに数を減らしていたのだった。

その時の死者の中には、キヤロの兄と弟も含まれていたのだと言う……。

「だから、キヤロが怒るのもわかるです」

そうウィルフレドに告げたのは、チトリという名前の少女だった。

チトリは、集落の中でも最もウィルフレドに偏見《へんけん》を持っていない一人だ。なんと、ウィルフレドの見張り役を自ら買って出たらしい。

見張り役は必然的に《ニンゲン》と同じ天幕の中で長い時間を過ごさねばならず、普通はやりたがったりはしないだろう。

風変わりな少女ではあった。ただ、チトリの存在は、ウィルフレドにとってありがたいことでもあった。

四六時中、憎々しげな目を向けられていたり、逆に怯《おび》えられていたりしては、ウィルフレドとしても息が詰まってしまう。

話し相手になってくれる者が見張りなのは、僥倖《ぎょうこう》というべきか。

「君はどうなんだい？」

「チトは、親兄弟をニンゲンに殺されたわけでもないですもの」

「だけど、同じ集落の仲間だろう？」

「そうですけど……狩りに行ってもひとが死ぬときはあるですし。みんな、戦いたいから戦いに行ったひとたちです」

「自己責任ってわけかい？　チトリは意外と淡泊なんだね」

チトリの年齢は十四、五といったところだろうか。その年代の少女としては、随分とさばさばしている。

「淡泊とかそういうのはわからないですけど、狼を狩りに行って逆に殺されたとしても、その狼を恨むのは筋違いだと思うですよ」

道理ではあるが、やはり淡泊だ。普通は、そこまで簡単に割り切れるものでもないだろう。

「それが、チトリが私に優しくしてくれる理由かい？」

「それだけじゃないですよ。ウィルは、クゥを助けてくれたりしたですから」

ククル本人にも感謝されているようなのだが、その件を持ち出されると逆に申し訳ない気持ちになってしまう。そもそもウィルフレドがいなければ、ククルが捕まることもなかったのだ。

馬鹿正直に訂正する必要もないが、どうもむず痒《がゆ》い。

「あとは、顔が好み」

「は？　だ、誰《だれ》の？」

「もちろん、ウィルのです」

「へ、へえ……」

亜人と人間とで、美的感覚がどの程度違うのかはわからない。

亜人の中にも、顔が人間に似ている種族と、獣に似ている種族とがいる。

例えば、《洞に座す爪》の民は首から上が熊とほぼ同じ形をしているし、《風を裂く嘴《くちばし》》の民という鷲《たか》に似た頭部を持つ種族もいるらしい。

彼らなどは、少なくとも顔形の美醜《びしゅう》については、人間とは大きく異なるだろう。

だが《峰に立つ牙》の民は、狼に似た耳があるくらいで、ほぼ人間と同じ顔のつくりだった。

となれば、人間に近い美的感覚ではないかと思えるのだが……。

「顔が好みだと言われたのは初めてだよ。地味だとか貧相だとかはよく言われていたけれど」

「あ、うん。みんな言ってたです。『ニンゲンの長にしては地味だ』って」

「あ、そう……」

思わずがくりと肩を落としてしまうウィルフレドだった。

（人間の感覚では地味で貧相だが、亜人から見れば美形に見える――なんてのを期待してたわけじゃあないけど……）

いや、少しは期待していた。

実際、《顔がいい》というのは、かなりの武器だ。

レオノールなどは極端な例ではあるが、その武器の強さをウィルフレドは嫌というほど味わってきている。

その武器を使う機会が巡ってきたかと思ったが……やはり、そう都合よくはいかないようだ。

「でも、チトは好きですよ？　死んだひい祖父《じい》ちゃんに似てるですから」

「ひいお祖父さんか――……」

喜ぶべきか微妙なところだ。「お兄ちゃんに似てる」と言われていれば、もう少し嬉《うれ》しかったのは確かなのだが。

「……嫌だったです？」

「いや、そんなことはないさ。そのおかげでチトリが私の見張りを買って出てくれて、こうして気楽に囚人生活を楽しんでいられるんだから、ひいお祖父さんには感謝しないとね」

「チトもウィルには感謝してるですよ」

「え？　私に？」

「ウィルのおかげで《ウィルの見張り》って仕事ができたです。だから、ウィルを見張ってれば、チトは狩りに行かなくて済むし、家畜《かちく》の世話もしなくていいのです」

チトリは口に手をあて、うふふと笑う。

それは、これまで出た中で最も腑《ふ》に落ちる理由だった。

「なるほどね。意外と策士だなあ」

感心したようにウィルフレドが言うと、チトリはにこにこと笑いながら、とんでもないことを口にした。

「そうですか？　チトもクソヤロウです？」

「……は？」

チトリの口から飛び出た予想外の言葉に、ウィルフレドの思考が一瞬止まった。

「今……何て？」

ぽかんとした表情で訊ね返すウィルフレドに、チトリが「あれ？」と小首を傾げた。

「ウィルみたいに頭が良くて、自分が得するような手段を考えるひとのことをクソヤロウっていうんだって、クゥが言ってたですよ？」

「何を広めてんだ、あの子は⁉」

「昨日も、野牛の一頭を群から離して、上手《うま》く追い込んで狩ったひとがいたらしくて、みんなからクソヤロウだって言われたですよー？」

「早速、広まってるのか」

「意外と嬉しそうだったです、クソヤロウさん」

「うわあ……なんか、申し訳ない……」

ウィルフレドが額《ひたい》を押さえて蹲《うずくま》ってしまうと、チトリが再び不思議そうに首を傾げる。

「あれ？　違うです？　本当はどういう意味です？」

「え、えーと……」

真実を教えるべきか否《いな》か。

教えた方がいいのは間違いないのだが、クソヤロウと呼ばれた者が真実を知った時のことを思うと、憐《あわ》れでならない。

「ま、まあ……そんなにいい言葉じゃあない……かな」

「ふーん」

曖昧《あいまい》に伝えるウィルフレドに相槌《あいづち》をうったものの、チトリ自身はその答えに大して興味がないようだった。

「そんなことより」と言うなり、その場にごろりと寝転がってしまう。

「チトはこれからちょっと寝るです。だから、ウィル一人で外に行ったりしないで欲しいです。いいですか？」

いいですか？　も何も、チトリは既に横たわり目も瞑《つむ》り、完全に寝る態勢に入っている。いやだと言っても聞いてくれそうな気配がない。

「今日は川に行きたかったんだけど……」

一応、弱々しく抗議してはみるが。

「ダメです。チトは寝るですから。一人で外に出るのダメって、シュムカにも言われてるですでしょう？」

「じゃあ、チトリ以外のひとについてきてもらうのは……」

「ダメです。そんなことしたらチトがさぼってるのわかるですよ」

「そうだけど……」

「チトは寝るですから。ちゃんと大人しくしておくです」

言うなり本当に寝始めてしまった。

しばらくすると――という間すらもなく、すぅすぅと安らかな寝息が聞こえてくる。

「やれやれ」

気候や風土のせいだろうが、南大陸にはウィルフレドの見たことがないような生き物がごろごろしていた。

本当は集落の外を見て回りたいのだが、今の立場ではそれも難しい。だが、集落の中だけでも、農作物の葉の裏や地面を掘り返した土の中などには、様々な虫が存在しており、ウィルフレドの好奇心を刺激していた。

水棲《すいせい》生物もウィルフレドの知るものとは大きく異なるだろう。今日は集落の中を流れる川の生物を見に行くことを楽しみにしていたのだが……。

「まあ、つい忘れそうになるけど、私は捕虜《ほりょ》だからな。今日のところは捕虜らしく、大人しくして――」

眠るチトリを見ながら、苦笑を浮かべたウィルフレドだったが、ふとあることに気づいた。

（いや、待てよ。これはチャンスじゃあないかな……？）

今、天幕の中にはウィルフレドとチトリしかいない。

つまり、ウィルフレドがここで何をしようと、外にいる誰にも気づかれることはないということだ。

「おーい、チトリ？」

小さな声で呼びかけてみる。返事はなく、ただただ寝息が聞こえるだけだ。

「チトリさーん？」

「……ぐぅ」

やはり返事はない。

（いける……！）

思うやいなや勢い込んで身を起こそうとして、少し躓《つまず》いてしまう。改めて自分の興奮さ加減に気づくウィルフレドだった。

（……いやいや。落ち着け、落ち着け。さすがにちょっとまずいかな？）

ウィルフレドはチトリに向かって手を伸ばす。

（寝ている女性を無断で触るというのは、やっぱりまずいか……）

伸ばした手を一度は引っ込めるが、

（いや、しかし、こんなチャンスがまたあるとも限らないし……）

諦《あきら》めきれない思いが、徐々に、ゆっくりとではあるがウィルフレドの手を伸ばし始めた。

北大陸より高温な気候のせいもあるし、単純に文化の違いもあるだろうが、亜人たちの服装は概《がい》して表面積が少ない。

はっきり言って露出が多い。

今、ウィルフレドの前で無防備に横たわるチトリも、腹部や太ももを大胆に露出した格好だった。

思わず、ごくりと唾《つば》を呑《の》みこんでいた。

（知の探究のためには、倫理は犠牲になるものだ。すまないが犠牲になってくれ、チトリ！）

内心では勢い込んでいたが、動作自体はゆっくりとしたものだった。

強く触れてチトリが起きてしまっては元も子もない。

手始めに、そっと手を触れてみる。

「おお……柔らかい」

声が出ていた。

「ふむ……もう少し固いかと思っていたんだけど、意外な弾力だ。ふわふわというかふかふかというか……でも、見た目よりは小さいな……」

ぶつぶつと口の中で呟きながら、チトリの体を本格的に触りだすウィルフレド。

——と、その時。

「ん……」

（おっと⁉）

チトリの口から小さな声が漏《も》れた。

起こしてしまったかと慌ててウィルフレドは手を離したが、すぐにまた寝息が聞こえだした。

ほっと胸を撫で下ろすと、再びチトリに手を伸ばす。今度は触れるだけでなく揉《も》んでみる。

「ん……はぁ……はぁ……」

するとチトリの頬は紅潮《こうちょう》し、口から漏れる吐息《といき》にも熱がこもり始めていた。

「……？」

その反応を訝《いぶか》しみながらも、なおも揉み続けるウィルフレド。

「あ……ん……」

（これは……もしかして……？）

チトリの様子は、まるで興奮しているようだった。性的快楽を感じているように見えたのだった。

その様子は、ウィルフレドをも興奮させた。

知らずしらずの内にぶつぶつと呟きを漏らしながらも、執拗《しつよう》にチトリの体を揉みしだく。

「ええ……？　寝てるのにありえるのか？　たまにそういう話も聞くけど快楽を感じるのは脳であって、脳が覚醒《かくせい》していない時に外的反応のみで快感を得ることは無理だと思っていたのだけど……亜人だから？」

「亜人は脳とは別の器官で快楽を感じている？　いやでも、別の器官だろうと睡眠中にその部分のみ独立して機能してでもいないかぎり難しいかもな。だとすれば、睡眠中でも脳の一部が覚醒していて、その部分で快楽を──」

「何をしているっ⁉」

「ああ、もう、うるさいな！　今、ちょっと大事な考えごとを……あれ？」

激しい詰問《きつもん》の言葉に煩《わずら》わしそうな声を出すウィルフレドであったが、ようやくその状況の異常さに気付いた。

天幕には自分と寝息を立てるチトリしかいなかったはずなのだ。

しかし──。

ゆっくりと顔を上げると、天幕の入口にはひとつの人影。

「や……やあ、ククル。いつからそこに？」

入口の幕をめくり上げた格好でウィルフレドを見下ろしていたのはククルだった。

彼女は冷ややかと表現するにはこれ以上ないほどの冷めた視線をウィルフレドに向けていた。

「お前が下卑《げび》た笑みを浮かべてチトの体を触りはじめた辺りだな」

「いや、下卑た笑みなんて──」

「何をしている？」

「浮かべてないとでも言うつもりか？」

「う……浮かべてた？」

「ああ、お手本のようだった。いつ『ぐへへ』と言い出すかと思っていたんだが」

さすがにぐへへはないだろう、ぐへへは。

そう思いはしたが、ククルが来たのにも気づかないほど興奮していたのは事実だ。

その上、こうして現場を押さえられてしまっては言い訳のしようもない。

いやまて諦めるのはまだ早い。そうだこんな時こそ、黒狐と呼ばれた自分の奸智《かんち》を働かせるべきではないか。

案その一。チトリの体に虫か何かが付いていた。それを払っていただけなんだよ案。

案その二。チトリの体調が悪そうだった。少しは楽かと思いさすっていたんだ案。

案その三。触って何が悪い。目の前で無防備な姿を晒《さら》す方がいけないんだ案。

案その四――。

ウィルフレドが混乱したままの頭でぐるぐると建設的なのかそうでないのかよくわからない思考を働かせていた、その時。

「き、きゃああああああっ⁉」

耳を劈《つんざ》く悲鳴が響き渡った。

「なんです？　何なんです⁉　何でチトに触ってるです⁉」

目を覚ましたチトリが状況を認識し、半ば恐慌状態となって騒ぐ。

この期に及んでウィルフレドがチトリから手を離していなかったことは、迂闊《うかつ》の一言では済まされないだろう。

慌てて手を離すと、チトリは天幕の隅まで走り、怯えた様子で丸まってしまう。

「お前……この責任どう取るつもりだ？」

「わ、悪かった、ごめん。すまない。ただ、ちょっとひとつ訊きたいんだけど……」

「何だ」

仁王立ちで見下ろしているククルの様子を窺うように、ウィルフレドは恐る恐ると訊ねた。

「そ……そんなに悪いことだった？」

「――⁉　お前っ！　居直るつもりかっ⁉」

「うわあああああん！　ひどいですううううう！」

二方向から同時に非難の声を浴びせかけられ、ウィルフレドの混乱は頂点に達した。

「いや、だって！　尻尾を触ることがそんなに悪いと思わないじゃないか！」

ウィルフレドはずっと気になっていたのだ。亜人の部位、特に人間には存在していない部位がどうなっているのかを。

それでつい好奇心に負けてチトリの尻尾を触ってしまったというわけなのだが――。

正直なところ、尻尾くらいいいだろうという気持ちがあったのは否定できない。倫理《りんり》観念《かんねん》が人間と異なっている可能性にまで気が回っていなかった。

人間と亜人という隔《へだ》たりが特別なわけではない。ウィルフレドもアルガント以外の国では、髪に触られることを禁忌《きんき》としていたり、顔を見られることを禁忌としていたりする国の話を聞いたことがあった。女性が男性に顔を見られるのは、求婚を了承することと同義なのだとか。

同じ人間でも、国家や地方が変わるだけでそれほど倫理観が異なるのだ。殊《こと》、亜人を前にしてその点を考慮しなかったのは、ウィルフレドの明らかな失策である。

チトリに泣かれ、ククルに睨みつけられては、敗北を認めるしかない。

「悪かったよ、どうすれば償《つぐな》えるのかわからないけど、私にできることはさせてもらうから」

ウィルフレドは天幕の隅で小さくなっているチトリに深く頭を下げた。その様子を上《うわ》目遣《めづか》いで眺めていたチトリは、

「じゃ……じゃあ、チトをお嫁にもらってほしいです」

「ふおっ⁉」

と奇妙な声を出したのはククルで、当のウィルフレドは意外と冷静だった。もっとも、冷静と言うよりは、諦観《ていかん》だったかもしれないが。

「ああ……そういう責任ね。でも、それって認められるのかな？」

「られるわけないだろうっ！　チトもチトだ！　自分が何を言ってるかわかってるのか⁉」

「だって、もうお嫁いけないです！　なら、ウィルにもらってもらうしかないじゃないですかー！」

「何を短絡的なことを……。そんなこと、コイツが承諾《しょうだく》するわけないだろう！」

「いや、私は別に構わないけど？」

「おおおおおまっ⁉」

「本当にそれしか責任をとる方法がないというなら、仕方がないさ」

軽く肩を竦めるウィルフレドに、ククルが半眼を向ける。

「だからと言って、あっさりと結婚を了承するヤツがいるか？　ホント、訳がわからないヤツだ、お前は……」

ククルは肩を落とし疲れ切ったように言った。

「よくわかんないですけど、チトをお嫁にもらってくれるってことですね！」

チトリは飛びつくようにウィルフレドに駆け寄ると、頬を染めはにかみながら指で（というより、その先の爪で）彼の腕をつんつんと軽く突く。

「チトはー、子供は三人くらい欲しいのですー」

もじもじとしながら言ったチトリの言葉を受けて、「子供か！」とやや興奮したような声をあげるウィルフレドだった。

「子供か……できるのかな？　ふむ、それが確認できるだけでも、この結婚には意味があるかもしれないな。あれ？　そう言えば、亜人……というか、《峰に立つ牙》の民の子づくりは、行為自体は人間とほぼ同じと思っていいのかな？」

「やだー、そんなことチトに言わせないでください、ア・ナ・タ」

ウィルフレドの胸を小突くチトリ。

傍《はた》から見ればいちゃいちゃしている風にも見える二人であったが、その様子を見ていたククルは、そこはかとなく不機嫌な表情となっていた。

半眼でウィルフレドを睨《ね》めつけながら憮然《ぶぜん》とした声を出す。

「……そう言えば、お前、前にクゥに惚《ほ》れたとか言っていなかったか？」

「な、なんです⁉　ちょっとどういうことです！　チトというものがありながらーっ！」

ウィルフレドの胸倉を摑みあげ、柳眉《りゅうび》を逆立てるチトリ。

「いや、あれはその……チトリと会う前のことだし」

「むう……そういうことじゃ仕方ないですけど、昔の女とのことはちゃんと清算してくれなきゃだめなのです！」

「だだだ誰が昔の女だ！」

そのククルの叫びは、天幕の中のみならず集落に広がるほどに響き渡ったのであった。

＊

「おい！　何をやっている、早くしろっ！」

「いや……そ、そんな、ことを……言われても……」

頭上から聞こえてくる叱責の言葉に、ウィルフレドは息も絶え絶えにそう答えるのが精一杯だった。

ウィルフレドの目の前に立ちふさがるのは、絶壁。

体感としては垂直に近いのではないかと思えるような、七から八コルム（約十五メートル前後）ほどの高さの切り立った壁である。

壁面には凹凸《おうとつ》も多く、手足をかけられる部分も多い。登壁《とうへき》は無理ではないだろうが、かなりの労力と危険を伴《ともな》うことは間違いない。

（やはり、何か適当な理由をつけて拒否しておくべきだっただろうか……）

遥か上から不機嫌そうな表情を隠そうともせずに見下ろしてくるククルの顔を見上げながら、ウィルフレドはそんなことを考えていた。

ウィルフレドがなぜ絶壁を登るようなハメになったかと言えば、《峰に立つ牙》の民たちから《狩り》に誘われたためであった。

誘われたというよりは、半ば以上強制されてのことだ。

言い出したのがウィルフレドに強い嫌悪感を抱いているキャロであるというところで、ろくでもないことであるのは間違いなかったのだが、「無駄飯喰《むだめしぐ》らいを置いておくわけにはいかない」と言われては「嫌だ」とも言いづらかった。

それに、ウィルフレドとしても嫌々従ったというわけでもない。亜人族の彼らがどのような狩りを行うのか非常に興味深くもあったし、集落の外に出て、様々なものを目にすることもできるだろう。

集落の外へ連れ出そうとするキャロの思惑《おもわく》が気にはなったが、ククルも同行するということだったので、人目につかない場所でいきなり命を奪うということでもないだろうと、考えたまではよかったのだが……。

「ま、まさか……こんな、落とし穴が待っているとは……ね」

ようやく八コルムを登り切り、荒い息をつき肩を震わせながらウィルフレドは自嘲気味にもらした。

迂闊だったと言うべきなのだろうか。

彼ら亜人と人間とでは、身体能力が違う。

数トリア（数キロメートル）の距離を事もなげに走り抜き、険しい岩山も一足飛びに越えてゆく。ウィルフレドが手こずらされた絶壁も、彼らの手にかかればちょいと裏庭の塀を越えるような感覚なのだろう。

どちらかと言えば文人気質のウィルフレドであるが、戦場に生きる者の常として相応の鍛錬《たんれん》は積んできている。それでも《峰に立つ牙》の民の中にあっては、足手まとい以外の何物でもないのだから、彼らのすごさがわかろうというものだった。

「おい、いつまで座り込んでいるつもりだ。獲物にも逃げられてしまうぞ」

今、彼らは野牛の群れが移動している痕跡《こんせき》を発見し、それを追跡しているところであった。

今はまだ痕跡を追えているが、雨や風といった条件、あるいは野牛が痕跡の残りづらいルートを通るなどすれば、たちまち追跡は困難になる。そうなる前に追いつき、狩りをすませなければならない……のだが。

「私も、そう、したい、のは……山々なのだけ、ど」

荒い息の中から、途切れ途切れに言うのが精一杯のウィルフレドである。

「大したことないとは思っていたけど、思った以上に駄目なやつだったたね」

その時、嘲弄《ちょうろう》の声が響いた。

キヤロのものだ。

「あんたに付き合ってたら、一頭の牛もしとめられないだろうさ。狩りもできないで、どうやって生きてるのか不思議だよ」

（それは、狩りをしないで済む社会を作り上げたからだよ）

と、普段のウィルフレドであれば口にしていただろうが、疲労困憊《ひろうこんぱい》の今はそんな反論をする体力すら惜しかった。

「どうやら、ニンゲンの土地には足の遅い牛しかいないみたいだ」

キヤロの嘲弄の声に、周囲の牙の民たちから笑声《しょうせい》が上がる。

その時の、してやったりとでも言いたげなキヤロの表情に、ウィルフレドの疑問のひとつは氷解した。

ウィルフレドを狩りに連れ出したキヤロの目的はまさにこれだったのだろう。

自分の得意な領域にウィルフレドを引きずり込んで、そこで醜態《しゅうたい》を晒させることによって、ウィルフレドに屈辱を与えると共に自分の優越感を満足させる。

要するに幼稚《ようち》な嫌がらせなのだが、実際に足手まといになっているのだから反論のしようもない。

（まあ、危険人物と警戒されるよりは、役立たずと侮《あなど》られるほうがマシ……かな？）

ウィルフレドは、そう自分を慰《なぐさ》めようとしたが、ことはそう単純なことでもないかもしれない。

牙の民の集落で暮らすようになり、シュムカ、チトリと比較的友好的な人物と接することが多かったため、完全に油断してしまっていた。

ここは、ウィルフレドにとって《敵地》なのだ。

《峰に立つ牙》の民たちの間で、ウィルフレドを排斥《はいせき》しようとする動きが起きた時、それを覆《くつがえ》すことができるのは、結局のところ民たちの力だろう。

その判断基準となるのは、《ウィルフレドが彼らに齎《もたら》すもの》だ。

要は「ウィルフレドは殺すには惜しい人物」と思わせればいいのだが……。

今回、ウィルフレドと共に狩りに来たのは十名ほどであったのだが、そのすべてがキャロのようにウィルフレドを敵視しているわけではなかった。もちろんチトリのように友好的なわけでもなく、中立……と言うより、様子見をしている者も多かった。

少なくとも今回、彼らには「ウィルフレドは役に立たない」という印象を持たれてしまっただろう。

これはウィルフレドにしてみれば、かなりの痛手だ。

おそらく、キャロ自身はそこまで考えてはいない。ただ単に子供じみた嗜虐心《しぎゃくしん》で、ウィルフレドのことを小馬鹿にしたかっただけだろう。

だが、思いの外ウィルフレドの首を絞める結果となったかもしれなかった。

それがわかっていてもなお、改善案らしい改善案が見つからないのが厄介《やっかい》なところだった。牙の民たちにウィルフレドの手腕を認めさせるのが一番なのだが……。

（突然、私の身体能力が上がるわけでもなし、彼らの狩りに交じって活躍とかできるとは思えないしなあ……）

暗澹《あんたん》たる気分ではある。が、座り込んでいるだけでは、事態の悪化を招くだけなのは間違いがない。

ウィルフレドは未《いま》だ震える膝を押さえて立ち上がったのだった。

そのしばらくの後に、ウィルフレドはまともに歩くこともままならないほどの疲労で、ところが結局。

倒れ込んでしまったのだった。

「……おい、大丈夫か？」

気を失うように倒れ込んだウィルフレドに、さすがのククルも気遣わしげに訊ねて来た。

「だ、大丈……夫。少し、休ませて……もらえ、ば」

ぜいぜい、と荒い息の中からどうにかそれだけを漏らしたウィルフレドは、しばらくの間、呼吸をするだけの生き物となってしまった。

やがてどうにか息を整えたウィルフレドは、傍《かたわ》らで自分を見下ろすククルを苦笑交じりに見上げた。

「みっともないところを見せてすまないね」

「別に、お前がどれだけ恥をかこうとクゥには関係がない」

ウィルフレドの謝罪に、そっけない言葉を返すククルだったが、関係がないと言うわりには、その表情はどこか憮然としており不機嫌そうにも見えた。

ククルとウィルフレドの共通項は「人間である」と、ただそれだけなのだが、こと亜人の集落においては、それは何物にも代えがたい同一性とも言える。

それだけに、《ニンゲン》のウィルフレドがあまりに侮られては、「ニンゲンというのはこんなものか」と集落の牙の民たちに思われてしまうことになる。同じ《ニンゲン》のククルとしてはやはり面白《おもしろ》くないのだろう。

「できないのならできないで、なぜ狩りに行くなどと言ったんだ」

咎《とが》めたてるククルに、ウィルフレドは恥ずかしげに頭を掻《か》いた。

ウィルフレドが狩りについてきたのは、断れるような状況でもなかったというのもあるのだが、実のところもっと根本的な思い違いがあったのだ。

「いやあ、もう少しついて行けるかとも思ったんだけどね」

「浅はかだったな」

にべもない口調で冷笑と共に断じられてしまったウィルフレドだったが、今度ばかりは一片たりとも反論の余地はなかった。

「まったくもってその通りだ。今日と言う今日は、フ・ボホルの……《峰に立つ牙》の民のすごさを思い知ったよ」

亜人たちの身体能力の高さは知っていたつもりだったが、本当に《つもり》でしかなかったようだ。

これでは、アルガントの大軍を率いて亜人族に苦杯《くはい》を重ねたカマラサたちサンマルカ要塞の面々を笑えはしない。

苦戦の原因を完全にカマラサたちの油断だとばかり考えていたが、あながちそうとも言い切れないのかもしれない。

ありえないと言えるほどの可能性の低い状況を想定していなかったからといって、指揮官の不手際とはいえないだろう。

極端な話、戦闘中に天災がおきて将兵に多くの犠牲が出たとしても、それだけで「天災がおこることを想定していなかった指揮官が悪い」とはならない。

亜人たちの能力の高さは、それほどのものだ。

よくもこんな思い違いをしたまま、先の戦いでアルガント軍を指揮して亜人たちに勝つことができたものだと、今更ながらに背筋が寒くなる思いのウィルフレドだった。

「ま、牙の民の中にも狩りが苦手なやつもいる。そういう者がみな、集落の中で弱い立場なわけでもないからな」

ウィルフレドが思考の淵《ふち》に沈んでいたのを落ち込んでいると思ったのか、ククルがぶっきらぼうな口調ではあったが慰めの言葉を口にする。やはり、本質的には気のいい少女なのだ。

自然とウィルフレドの顔にも微笑が浮かんでくる。

「そう言えば、今日もひとりいるようだね。あそこにいる髪の長い女性が、ずいぶんと辛《つら》そうにしているみたいだ」

ウィルフレドは置くとしても、今日の狩りに向かったメンバーの中で、ひとり他の牙の民と足並みを揃《そろ》えられていないものがいた。

常に集団の最後尾を走り、行動を開始するのもワンテンポ遅く、なによりもウィルフレドのせいでたびたび休憩が挟まることに対して、他の牙の民たちが迷惑そうな表情を浮かべる中、唯一《ゆいいつ》ほっとしたような顔付きとなっていたのだ。

「お前……自分も死にそうになっているくせに、妙に目ざといやつだな」

呆《あき》れたような声を上げるククルに、「昔から、余計なことは目に入る性質《たち》なんだ」と肩を竦めるウィルフレドだった。

「彼女——ハルバナは別に狩りが苦手なわけではない。ただ、おなかに子供がいるようだからな。体調の変化もあるのだろう」

「へえ、子供が。それはめでたい……って、」

ククルがあまりにもさらりと言うものだから、うっかりと流してしまいそうになったが、よくよく考えれば驚くべきことだ。

「妊娠初期の大事な時期に狩りになんて行って大丈夫なのか？」

彼ら牙の民にとっても、軽い運動というわけでもないだろう。

仮にこれが人間であるのならば流産の危険性すらあるが、彼ら牙の民ならば大丈夫だということとなのだろうか？

いや、そんなわけはあるまい。たとい人間よりも頑健《がんけん》であるとしても、彼らとて生物だ。激しい運動が妊娠初期の母体に何の影響もないということはありえない。

実際に、彼女が辛そうにしている姿をウィルフレドは目にしている。《辛い》というのは、肉体の危険信号を脳が受け取っているということだ。

「私が抗議する立場でもないが、もう少し気を遣うべきじゃあないのかい？」

「やれないというのならばともかく、やれるうちはするべきことはしなくてはならないだろう？」

強い口調となるウィルフレドに、ククルは不思議そうに首を捻《ひね》った。

ウィルフレドが彼ら亜人たちを、「人間とは違う生き物だ」と本当の意味で実感したのはこの瞬間であったかもしれない。

その外見でもない。その身体能力でもない。

（最大の違いは――文化だ）

彼ら《峰に立つ牙》の民が、殊更に薄情《はくじょう》というわけではない。そういう文化なのだ。先のククルの発言にもそれが出ている。

やれないというのならばともかく——まさにこれが、亜人と人間の差というべきなのだろう。

なまじ人間より強く頑健であるため、自分でやれてしまう。

だからこそ、何事もまず自分ひとりでするべきことをする、という考え方になるのだ。それが彼らの強さであり、弱さでもある。

人間の軍に亜人たちの連合軍が勝てないのは、ただ数が足りないからだけではない。《役割分担》という感覚が彼らにはないからだ。

仮に——。

(仮に私が彼らの指揮をとってアルガント軍と戦うとしたらどうするべきか……)

ウィルフレドは、不思議そうな表情で自分を見つめてくるククルを見返しながら、そんなことを考えてしまっていた。

＊

気づいた時、ウィルフレドはひとりになっていた。

もう何度目になるのか自分でも数えるのが嫌になるくらいだが、あまりの疲労に足が動かなくなり、その場に倒れ込んでしまった時のことだった。

朦朧《もうろう》とした意識の中、荒い息を吐き続け、ようやく周囲を見渡す余裕ができてきた時には、辺りにククルも牙の民の者も誰の姿も見当たらなかったのだ。

曖昧な記憶ではあるが、ウィルフレドが倒れ込む直前に、誰かが「群《むれ》が見えた」というような言葉を発していたような気がする。

これまでのようにウィルフレドが起き上がるのを待っている時間がなかったのだろう。

「薄情だ、というのはお門違いだろうけど……不用心ではないのかな？」

仮にもウィルフレドは捕虜の身だ。拘束されているわけでもない状態で、一人野に放たれれば、普通の捕虜なら間違いなく逃亡を図《はか》るだろう。

「まあ、逃げ出したところで、どこかでのたれ死ぬのが関の山だろうけど」

などと他人事《ひとごと》のように呟くウィルフレドではあったが、あまり冗談でもない。

集落からもかなり離れたこんな場所に一人で放り出されては、ククルたちと合流の手立てを考えなくては、本気で野垂れ死にかねない。

「さて、どうするべきかな……ん？」

考え込みつつウィルフレドが立ち上がったその時、視線の先の岩陰に、座り込んでいる人影を見つけた。

「あれは確か――ハルバナ、だったかな？」

一緒に狩りにきた牙の民の一人で、先程ククルから妊娠していると教えられた女性だ。やはり長距離の移動が身重の体に堪《こた》えたのだろう。

ウィルフレドは彼女にゆっくりと近づき、声をかけた。

「大丈夫かい？」

ウィルフレドの声を聞き、はっとしたようにハルバナは顔を上げる。

「……ニンゲンか」

一目で体調不良がわかる青ざめた顔。その表情から窺えるのは、キヤロたちが見せるような憎悪や嫌悪ではなく、警戒や恐怖の割合が強いように見える。

無理もない。

このような状況で《未知のイキモノ》と遭遇すれば、恐怖心を抱かないほうが異常というものだ。

ウィルフレドは彼女を刺激しないよう軽く両手を広げ、一歩後ずさった。

「驚かせてすまない。体が辛そうに見えたので、声をかけたのだが……」

ウィルフレドの言葉に、ハルバナの顔が曇った。よりにもよって憎きニンゲンに情けない姿を見られた、というところなのだろう。

「……わたしより、あなたの方がよほど辛そうに見えたけど？」

「ああ、さっきまではそうだね。でも、私のは少し休めば元に戻るものだけど、君のはそうじゃあないだろう？」

「あなた……何を知っているの？」

「そんなに警戒しないでくれ。さっきククルから君が妊娠していると聞いただけだよ」

「そ、そう。クゥが――うっ」

突然、ハルバナは口元を押さえ俯《うつむ》いた。直後、彼女の口から吐物が溢《あふ》れ出《で》る。よく見れば、彼女の足元には嘔吐《おうと》の痕跡が残っていた。これまでにも、何度も吐き戻していたのだろう。

「つわり……か」

妊娠の初期症状としてそういったものがあることは、ウィルフレドも知識としては知っていた。

「とりあえず、脱水にならないよう気を付けたほうがいい。水は飲めるかい？」

ククルから預けられていた水袋をハルバナに差し出すウィルフレドだったが、彼女はそれを押しのけながら首を振った。

「駄目なのよ……臭いが」

水袋は水牛かなにかの革製で、中の水にはそれなりの臭いがつく。常態なら気にせず飲めてしまうものでも、妊娠中は臭いに過敏《かびん》になるとも聞く。無理やり飲んでもそれをまた吐き戻してしまうようなら逆効果だ。

「じゃあ、こういうのはどうだろう」

ウィルフレドはハルバナの手をとると、掌《てのひら》を上に向けさせ、そこへ水袋から水を注《そそ》ぐ。

「掌の上の水だけ啜《すす》ってみるといい」

疑問に思ったり反抗したりする気力もわかないほど弱っているのか、ハルバナは言われるがままに自分の掌の上の水を嘗《な》めとる。

「どうかな？　気持ち悪くはないかい？」

問いかけに、ハルバナが小さく頷いた。

臭いに敏感になっている時でも、ずっと嗅《か》ぎ続ける自分の臭いだけは存外気にならなかったりするものだ。

だから、自分の掌を器にして飲めばあるいはとウィルフレドは思ったのだ。もちろん効率は悪いが、水分をとれずにいるよりずっとましだろう。

「よかった。少しずつ、無理のない程度の量でいいから飲むといいよ」

ウィルフレドが、ハルバナの手に水を注ぎそれを彼女が啜り、という流れをゆっくりと何度となく繰り返す内に、心なしかハルバナの顔色もよくなってきたかのように思えるようになった。

ほっと胸を撫で下ろしたその時、ウィルフレドの頭頂部にぽつりと冷たいものがあたった。

雨だ。

つい先ほどまで嫌みなほどの快晴だったというのに、みるみる内に雨脚が強くなり、気づいた時には豪雨と呼べるほどの強烈な降りとなっていた。

「……っ。まずいぞ、これは……」

急激な天候の変化に唖然《あぜん》としてしまっていたウィルフレドだったが、改めて周囲を見回すと雨に濡《ぬ》れたせいとは違う寒気を感じてしまった。

「君！　えっと、ハルバナ。動けるかい⁉」

緊迫したウィルフレドの声にハルバナはのろのろと顔を上げるが、その顔色はどう見ても《良い》と言えるようなものではなかった。

ただでさえ体調を崩していたところにこんな豪雨に見舞われたのだから無理もない。

「仕方ない。緊急事態だから、勘弁《かんべん》してくれよ」

言うなりウィルフレドはハルバナの体を抱え上げた。さすがに怯え、抵抗するハルバナだったが、

「このままここにいては危険なんだ。お腹の子供を大事に思うなら言うことを聞け！」

その剣幕に圧《お》されたか、あるいは子供のことを言われたのが効いたのか、ハルバナは抵抗をやめてウィルフレドに従った。

ウィルフレドはそのまま近くの岩山へ向かって駆け出した。

さきほどまでの疲労も抜けきっておらず、加えて二人分の体重に、雨でぬかるんだ地面と条件は最悪ではあったが、倒れることも躓くこともなく岩山の中腹まで登り切った。

「はぁ……ここまでくれば……はぁはぁ、大丈夫……か……？」

「……一体、何なの？」

途中から背負うようになっていたハルバナが、背中から問いかけてくる。

少しでも雨を避けられる岩陰に彼女を降ろしながら、ウィルフレドは答える。

「あのまま、あの場所にいるのは危険だと思ったのさ」

ウィルフレドはハルバナが蹲っていた場所に視線を移すと、「ほら、ご覧よ」と指してみせる。

「え……」

と、ハルバナが息を呑む気配が伝わってくる。

見れば、その場所はすっかりと水没してしまっていたのだ。

「傾斜が緩やかでわかりづらかったかもしれないが、あの場所はちょうどすり鉢《ばち》状の底にあたる部分だったんだよ。あと、この土地の全体的な地質の問題もあるかもしれないね。あまり水を吸い込むことなく、地表に水が残りやすい。これだけの雨量だと、水没しかねないと思ったけど、案の定だったようだ」

間に合ってよかったよ。と言ってウィルフレドは笑う。

「今の条件なら、この雨もそう長続きはしないだろう。この場所なら、まず大丈夫だろうと思うんだけど……」

と、まるでウィルフレドが空を見上げるのを見計らったかのように、空から落ちる雨粒の勢いが弱まりだした。

降りだしてから雨脚が強くなるまでと同じように、あっと言う間に雨があがっていく。それからいくらもしない内に、雲間から陽がさしはじめたほどだ。

ひとまず危急は乗り切ったようだ。ウィルフレドがほっと安堵《あんど》の吐息を漏らすのと同時に、ハルバナの緊張した声がウィルフレドの耳に届く。

「あなた……どういうつもり？」

ハルバナは怪訝《けげん》な表情でウィルフレドを見上げていた。

「どういうつもりとはご挨拶《あいさつ》だね。そんなに私が君を助けたのが奇妙なのかい？」

「だって……おかしいでしょう、ニンゲンのくせに」

ウィルフレドの言葉にハルバナが緊張の面持ちで身を固くした。ニンゲンの思うがままになどならないという意思が伝わってくるかのようだ。

危急を救われたことをわかった上で、この頑《かたく》なさだ。彼女の——というよりも亜人たちの警戒心の強さに暗澹たる思いになるウィルフレドだったが、それだけにアルガントの侵攻によって亜人族が受けた心身の傷の深さがわかろうというものだった。

「ま、何の打算もなかったと言えば嘘になるけどね。私だって、こんな見ず知らずの土地に一人で放り出されるのは困る。はぐれていることに気付いた時、ククルやキヤロたちは私を探しに来てくれるかな？」

「……少なくとも、キヤロは探そうとはしないでしょうね」

「だろうね。私もそう思うよ。だけど、君が一緒ならどうかな？　さすがに同じ集落の仲間まで見捨てようとは思わないだろう？」

「なるほど。クゥがあなたのことを小賢しく頭の回るヤツだと言っていたけれど、本当のようね」

「いろいろ考えて意地汚く生き延びようとしているのは確かだね。まあ、そういうわけだから、別に貸しを作ったつもりもないし、礼や感謝も必要ないよ」

小さく笑いながらウィルフレドはハルバナにそう告げる。

実際、それは彼の本心であり、そのことはどうやらハルバナにも伝わったようなのだが、「そういうわけにもいかない」と彼女は首を振る。

「あなたの思惑がどうあれ、わたしが……わたしとお腹の子供の二人が助けられたのは事実だわ。たとえあなたがニンゲンだとしても、この恩は必ず返すわ。フ・ボホルが恩知らずだと思われるのも癪《しゃく》だもの」

気にすることはない。

ウィルフレドは、ハルバナの言葉にそう答えようとしたが、不意にあることを思いつき、ポンと手を拍った。

「そういうことなら、ひとつ頼みがある。君のお腹の子供なんだけど……」

「な、何ですって……？」

軟化しつつあったハルバナの表情が、途端に強張《こわば》った。

腹の子のことを出されれば、警戒せざるを得ない。母親としての本能のようなものかもしれない。

しかし。

「その子が無事に生まれたら、私にもひと目見せてもらえないか？」

まさかそんなことを言われるとは思ってもいなかったのだろう、ハルバナはぽかんとした表情でしばらくウィルフレドを眺め続けた。

「み、見る……だけ？」

「だけ、だなんて！　ニンゲンの私にしてみれば、フ・ボホルの新生児を目にする機会なんてそうそう巡ってくるものとも思えないよ」

唖然として訊き返すハルバナに、興奮した様子でウィルフレドが答える。

「見て、それでどうしようと言うの？」

「どうもこうもないよ、実物を見られることが重要なんじゃあないか！　《峰に立つ牙》の民特有の耳や尾や爪は生まれたての時はどうなっているかとか、人間と比べた時、犬や狼と比べた時の差異はとか、非常に興味深いよ。この目で見られることを想像するだけで興奮するね！」

マルセリナでさえも呆れるウィルフレドの探究心が溢れだし、止まらなくなってしまったようだ。

自分にとってハルバナの――牙の民の新生児を見ることがいかに重要なことなのかを力説するウィルフレドに、ハルバナも目を白黒させるばかりだった。

だが、やがてハルバナの口から笑みが漏れ、次第にそれは大きな哄笑《こうしょう》となった。

「あなたはちょっと変わったニンゲンのようね」

笑い声に我に返ったウィルフレドは恥ずかしげに頰を掻く。

「……よく変人だと言われるよ。あまり自覚はないんだけどね」

その言葉に、ハルバナはもう一度吹き出すと、笑いを嚙み殺しながら頷いた。

「いいわ。この子が産まれたら真っ先にあなたに見せてあげる」

「本当かい⁉　いやあ、嬉しいなあ」

無邪気に頰を綻《ほころ》ばせるウィルフレドに、ハルバナは皮肉っぽく笑いかけた。

「もっとも、それまでにあなたがキヤロたちに殺されていなければの話だけれど」

ハルバナの皮肉に苦笑を浮かべようとしたウィルフレドだったが、笑みとも渋面ともつかない微妙な表情になってしまった。

正直なところ、冗談ごとでは済まない話なのだ。

「ああ……確かにそれは問題だ。今まさに彼女たちに見捨てられていて、近い内にここで野垂れ死ぬ可能性だってあるわけだからね」

ウィルフレドは気重そうに、はあ……と大きくため息をついた。

幸い、その後しばらくして、ククルたちが二人を探しに戻ってきてくれたために、ウィルフレドの心配は杞憂《きゆう》に終わった。

とはいえ、キヤロの侮蔑と憎悪が変わるわけではなく、ハルバナの子が産まれるまで生き延びるのには、かなりの苦労と工夫が必要そうだと再確認するウィルフレドだった。

四章

El avandono levanta
la bandera de la bastards

結束軍

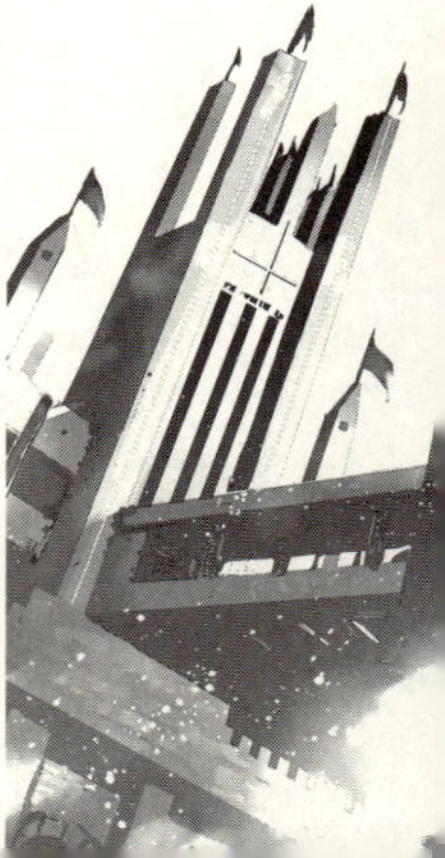

ウィルフレドが《峰《いただき》に立つ牙《きば》》の民の集落へ来て、早一箇月《ひとつき》が経《た》とうとしていた。

この一箇月で、集落におけるウィルフレドの立場が激変するようなことはなかったが、全体的にはやや改善方向にある、と言っていいだろう。

ウィルフレドに憎悪や嫌悪を抱いている者の心証を変化させることはできなかったが、それ以外の者——ウィルフレドに《ニンゲンだから》という理由で警戒心を抱いていた者たちの心象は徐々《じょじょ》に軟化しつつあった。

ウィルフレドのことを、自分たちに害を与える存在ではないかもしれないと思い始めているのだろう。

そんなある日のこと。

例によってウィルフレドが集落の生き物探索に勤《いそ》しんでいた時、馬蹄《ばてい》の響きが集落を揺るがした。

馬――ではなく、馬の下半身を持つ半人半馬の《野を馳《は》せる蹄《ひづめ》》の民の者が数名、集落へとやってきたのだ。

ウィルフレドは彼らに見つからぬよう早々に天幕へと戻った。誰《だれ》に命じられたわけでもないが、今この集落に《ニンゲン》がいることを知られるのは、自分にとってもこの集落にとっても決してプラスにはならないと判断したのだ。

だから、《野を馳せる蹄》の民が何のために集落へやってきたのかはわからなかったが、何事かを首長のシュムカへ伝え、帰っていったようだった。

彼らが何を伝えたのかがわかったのは、その日の陽《ひ》も落ち切った夕刻過ぎだった。

シュムカが集落の民すべてに集合をかけた。

総勢二百数十名からなる集落の民すべてが入る天幕など当然なく、星空を屋根とする集会となった。

集落の全員を前にしても、シュムカはいつも通りの呑気《のんき》な素振りを崩そうとはしなかったが、口から出た言葉は集落を震わすのに充分な破壊力を持っていた。

「ニンゲンが襲ってきた」

その言葉と同時に、ウィルフレドの周囲にいた者たちの大半が一斉に彼に視線を向ける。すべてが悪意ある顔、というわけではなかったが、ほとんどが迷惑そうな表情を浮かべており、幾人《いくにん》かは今にも飛び掛かって来そうなほど憎悪に歪《ゆが》んでいた。

多少の違いはあれど、ウィルフレドにその責任を帰そうとしているのは同じだ。

ウィルフレドの周囲で彼に視線を向けていなかったのは、ククルとチトリ、ハルバナの三人くらいだった。

ククルは我関せずとばかりにシュムカに顔を向けたきりで、ハルバナは気遣《きづか》わしげにウィルフレドを見ていた。チトリに至っては周囲の目からウィルフレドを守るように、逆に辺りに剣呑《けんのん》な視線を向けている。

「ま、いろいろ言いたいこともあるだろうが、まずはあーしの話を聞いてくれ」

ひとびとのざわめきを受けて、シュムカが落ち着いた声で告げた。

「蹄の民の話だと、ニンゲンの軍隊が動き出したらしい。どこを目的としてるのかはまだはっきりとしてないらしいが、このまま進めばいくつかの集落に到達するのは間違いない。その中には、牙の民の集落も含まれている」

再び、集落の民がざわめいた。

《峰に立つ牙》の民は、このシュムカの集落にいる者がすべてというわけではなく、ここ以外にもいくつかの――いくつもの集落を形成している。

シュムカの集落にいる者の中には、そういった周辺集落に親類縁者《しんるいえんじゃ》がいる者も少なくはなかった。

その中のどこかが襲われると聞けば、虚心《きょしん》でいられないのは当然だろう。

「そういうわけなんで、あーしらフ・ボホルも力を合わせなきゃならない。蹄の民の下でまた結束軍を作ることになった。いつも通り強制はしない。行きたいというヤツだけ名乗り出とくれ」

真っ先に立ち上がったのはククルだった。

先の戦いでは捕虜《ほりょ》にすらなり、危うく生死の境を越えるところだったにも拘《かか》わらず、一切の迷いを見せない。

その姿に、ウィルフレドは感動すると共に、危うさを感じてならなかった。

ククルに続いて立ち上がったのは、先の戦いで兄弟を喪《うしな》い、集落の中でも最もウィルフレドへの憎悪をはっきりと示す、キヤロだった。

その二人に続き、次々と《峰に立つ牙》の民たちが立ち上がって行く。

立ち上がった人数は、七十名ほどだった。

これは集落の三割を超える人数であり、働き手となる十代後半から三十代の男はほぼ全員立ち上がっていた。

前回の戦いの際にこの集落から参加したのが三十名ほどであったことを考えると、倍増以上の結果となった。

要因はいくつか考えられる。

前回、多数の死者を出したため、その仇討《あだうち》をしたい者もいるだろう。死者の多さから危機感を抱いた者もいるだろう。今回、襲われる可能性のある集落に親類がいる者もいるだろう。

これに頭を抱えたのはシュムカだった。

当然だ。彼らが全員戦地に行ってしまっては、集落の運営が成り立たなくなってしまう。

結果、シュムカによって二十名ほどが残留を命じられ、この集落から《フ・ボホル結束軍》へ参加するのは、総勢四十九名となったのだった。

いや……。

「可能ならば、私も連れて行ってもらえないだろうか」

話がひと段落した時、ウィルフレドは立ち上がった。

その一言で、周囲のざわめきがざわめきと呼べるレベルを超越した。

「ふざけんな！」

ざわめきの最も攻撃的な部分を代弁したのは、キヤロである。

ウィルフレドを睨《にら》みつけ、口角から泡を飛ばす勢いで怒声を上げた。尾もはちきれそうなほどに膨《ふく》れ上《あ》がり、彼女の怒りを表していた。

「戦場であたしらを背中から撃とうっていうの⁉　薄汚いニンゲンの考えそうなことだ

ね！」

「薄汚いニンゲンとやらは知らないが、私が考えるならそんな単純な策にはしないよ」

「なんだと！」

肩を竦《すく》めながらキャロに言い返したウィルフレドは、内心でそんな自分の言動に呆《あき》れ返っていた。

（つまらない時につまらない負けん気を出してしまうのは私の欠点だなあ……）

ただ一言、「そんなことするつもりはない」と言えば、信じてもらえるかどうかはともかくとしても、事態をこじらせるようなことにはならないだろう。

「じゃあ何を企《たくら》んでるっていうのさ！」

「おやめ、キャロ！」

ウィルフレドに飛び掛かろうとするかのように、わずかに体を沈ませたキャロにシュムカから制止の声が飛んだ。

だがシュムカは、キャロに向けたものと同じ鋭い視線をウィルフレドへも向ける。

「でもね、兄さん。正直あーしもキャロと似たような意見さ。と同時に、あーたの言うことにも全面的に同意する。〝黒狐《くろぎつね》〟なんて呼ばれるあーたが、単純な策を立てるわけはない。気づいたらウチの部族が……いや、フ・ボホルが全滅してるなんてことがないとは限らないからね。あーたが何を企んでいるのか、それは大いに気になるところさ」

「信用ないな。……いや、信用されてるのかな？」

自嘲《じちょう》交じりの苦笑を浮かべながらウィルフレドは頭を掻《か》く。

「信じてもらえないかもしれないが、私は自分のことを既《すで》に捕虜だとは思っていない。私は《亡命者》のつもりでいるんだよ。処刑寸前だった私がこの一箇月生き永らえることができたのは、この集落のひとたちのお陰だ。その恩返しくらいはしたいと思っている」

「口先だけなら何とでも言える。そんな言葉を誰が信じるというんだ。それで、同じニンゲンと殺し合いができるとでも言うのか、お前は」

嘲罵《ちょうば》の声はキヤロから上がった。

彼女はそんな簡単に人間同士で殺し合いなどできないと思っているのだ。仲間の絆《きずな》を大切にする《峰に立つ牙》の民らしい考えであったが、ウィルフレドはあえてそんなキヤロを鼻で笑った。

「私がなぜ〝アルガントの黒狐〟と呼ばれたのかわかるかい？　それは戦いに勝ったからさ。私は直接手を下さぬまでも、兵を率い、兵を操って多くの人間を殺している。その数は何万なんてもんじゃあない。何十万の単位だ」

ふっとウィルフレドは冷たい笑みを顔に張り付ける。

「今更、一万二万を殺すのに、何を躊躇《ためら》うというのさ」

その冷徹な笑みに、さすがのキヤロも一瞬、色を失った。

代わりにウィルフレドに問いかけたのはシュムカだった。

「恩返しがしたいだけが理由でニンゲンと戦うってのは、あーしも納得できないんだけどね。まさか、結束軍がここみたいに居心地がいいとか思ってんじゃないだろうね」

シュムカの言いたいことはよくわかる。

フ・ボホル結束軍は、人間と戦うための集団だ。

これまでも幾度《いくど》となく戦ってきた者たちも多く参加しているはずで、その参加者は、キヤロに代表されるような人間に恨みを抱く者が多いに違いなかった。

〝獣姫《けものひめ》〟と畏怖《いふ》されるほどの活躍を見せているククルにさえ、無謀な特攻を決意させるほどなのだ。《ニンゲン》を見る目の厳しさは火を見るより明らかだ。

そこにウィルフレドが行けばどうなるのか、考えるまでもないことだった。

「もちろん、恩返しだけが理由じゃあない。私はアルガント――ニンゲンにとって生きていてはいけない存在なんだ。見つかれば、必ず殺される。仮にこの集落にまで戦火が及《およ》んだ時、その場で殺されるか、捕らえられ処刑されるかだ。運よく逃げ延びたとしても、何の技術もない私がこの過酷《かこく》な大地に放り出されて生き延びられるはずもない。つまり、フ・ボホルの勝敗は私の生死に直結するんだ。それをただじっと待っているだけなのは我慢できない」

ウィルフレドの人生は他人に翻弄《ほんろう》され続けた人生だった。

生まれて数年は宮廷内で過ごし、やがてレオノールの入宮で母と共に宮廷を追い出された。老将の子としての暮らしに慣れた頃に、皇子として宮廷に上がるように命じられ、気づいたら皇太子とまでなっていた。そして、皇太子位を奪われ、今では亜人の捕虜。

自分でも驚くほどの変遷《へんせん》で、まさに運命の荒波に翻弄された、といったところだろう。だが、ウィルフレドは他人に自分の人生を委《ゆだ》ねたことはなかった。いつでも、与えられた環境の中でもがき続けたのだ。

今更、もがくのをやめるつもりはさらさらなかった。

「あーたが行ったところで何ができるわけでもないと思うがね。むしろ、後ろから撃たれる可能性のほうが高いよ」

「それでも、座して死を待つよりはマシだよ」

しばらく、シュムカはウィルフレドの目をじっと見据《みす》えた。彼の覚悟のほどを探っているのかもしれない。

どれほど時間が経とうと、微動だにせずシュムカの瞳を見つめかえし続けるウィルフレドに、シュムカは大きくため息をついた。

「あーしは面倒なことは嫌いだって言ってるだろうに」

手にしたパイプの先端で額《ひたい》を掻きながら、疲れたようにぼやく。

「……連れてくからには、それなりの働きをしてもらうからね」

それは、ウィルフレドの参加を許可する一言だった。

ざわめきを増す周囲の声と、キヤロを始めとした幾人かの抗議の声に交じって、ウィルフレドは不敵に笑って答えたのだった。

「ご期待に添えるよう努力しますよ」

＊

結局、《峰に立つ牙》の民のシュムカの集落からフ・ボホル結束軍に参加することになったのは、総勢五十二名となった。

当初は最初に選ばれた四十九名に、首長のシュムカとウィルフレドを加えた五十一名だった。

長であるシュムカが集落を離れていいのか、というウィルフレドの疑問には、シュムカはあっさりと「首長が行かないでどうするのさね」と答えた。それが亜人の価値観ということなのだろう。

最後に加わったのは、チトリであった。

「ウィルが行くなら、チトリも行くのですぅっ！」

と、強固に主張し、シュムカが根負けしたのがその理由である。

参加者決めを行った翌早朝には集落を出発し、結束軍の集合場所となっている《洞《ほら》に座す爪》の民の集落へ向かったのだが、これがウィルフレドにとって予想外の難関になってしまったのだった。

なにせ同行するのは、ほとんどが《峰に立つ牙》の民である。数多《あまた》の亜人の中でも、俊敏《しゅんびん》さにおいては最高峰に位置する種族なのだ。

移動速度、体力ともに人間とは段違いであり、人間の中では決して軟弱な部類ではないウィルフレドも、付いて行くのが精一杯だった。

《洞に座す爪》の民の集落に着いた時には、疲れ切ってしばらくまともに喋《しゃべ》れなかったくらいだ。

ウィルフレドはそんな有様だったのに、最年少のチトリでさえケロリとしていたのには、亜人のすごさを思い知ると同時に、さすがに少々自分が情けなくなった。

さらに、暑さも問題だった。

アルガント暦でなら七月も半ば。酷暑《こくしょ》の季節であるが、アルガントより南にあるこの大陸では、暑さも北大陸を上回るものだった。

それだけなら条件は周りも一緒、愚痴《ぐち》も文句も筋違いというものだが、ウィルフレドには他と違う部分がもうひとつあったのだ。

実は、出発の直前、ククルよりあるものを渡された。

それは、頭全体をすっぽりと覆い目のところにだけ穴の開いた、いわゆる覆面《ふくめん》だった。

ククルはぶっきらぼうな様子だったが、「被《かぶ》っておけ」と押し付けるように覆面を渡したのは、彼女なりの優しさだったのだろう。

思えば、結束軍の中に《ニンゲン》がいるというのがどういうことなのか、誰よりもよく知っているのはククルだったに違いない。

ククルの心遣いに感謝し、ウィルフレドは覆面を被った……まではよかったのだが。

水牛か何かの皮で出来ているその覆面は、空気をまったく通さず、とにかく暑いのだ。

炎天下の下で覆面を被り、高速で移動する《峰に立つ牙》の民を必死で追いかけていると、暑さで目が回りそうになる。

ククルが覆面を渡したのは、心遣いでもなんでもなく、体のいい嫌がらせか拷問《ごうもん》の類《たぐい》ではないのかと、ウィルフレドは真剣に考えてしまったほどだった。

だから、到着した《洞に座す爪》の民の集落が、驚くほど冷涼《れいりょう》な地であったことを、ウィルフレドは神に感謝した。

そこは、テペウという名の爪の民が首長を務める集落だった。

到着して、ウィルフレドはなるほどと思わざるを得なかった。テペウの集落が集合場所として選ばれたのは、この集落の構造故のことだろう。

もともと《洞に座す爪》の民は、その名の通り洞窟内などに集落を形成することの多い種族であり、テペウの集落もそれに則《のっと》ったものだった。

ただ、規模が巨大なのだ。

標高にして一ルプス（約三千メートル）級の岩山ひとつを丸々と網羅《もうら》するほどの巨大にして長大な洞穴を利用しているのがテペウの集落であった。

あまりにも規模が広大すぎて、集落の人間でも洞穴の全貌《ぜんぼう》は把握《はあく》していないらしい。

そのため、生活をするためには逆に不便であり、テペウの集落自体はさして規模の大きな集落とは言えなかった。

だが、軍事拠点とするならば話は別だ。天然の要害とはまさにこのことだろう。

それ故に、テペウの集落はアルガント軍の襲来に際し、前線基地の役割を担うことになったのだった。

「よく……来てくれた、シュムカ。嬉《うれ》しい、よ」

集落の長であるテペウは穏やかな男だった。

《洞に座す爪》の民らしく一コルム半（約三メートル）を超す巨漢《きょかん》ではあったが、言動などに荒々しいところはまるで見られない。

眠そうな目をしながらゆったりと話すその様子を見ていると、聞いているだけで眠くなってしまいそうだった。

年齢は、ウィルフレドの目からはよくわからない。《洞に座す爪》の民は、熊に似た頭部を持つ種族であり、外見から年齢を推し量《お はか》るのは無理そうだった。

落ち着き払った言動から年かさにも思えるが、シュムカから聞いたところによれば、首長は集落の民に認められるだけの実力を示さねばならず、肉体が衰《おとろ》えればすぐに引退してしまうのだそうだ。ならばテペウも、未《いま》だ中年の域には至らぬ程度の年齢なのかもしれない。

「いつものことながら、ご苦労なこったね。毎度毎度、大勢が押し寄せてくるんだから、あーたも大変だろう」

「苦労しているのは、ウチだけじゃないから、ね。焼かれた集落もあるのだから、ウチはマシなほう、さ」

テペウは笑いながら――おそらくは苦笑の類だろう――シュムカに答えた。

「ところで、今回は見ない顔が多い、ね？」

シュムカの後ろに並ぶ《峰に立つ牙》の民を見ながらテペウが訊《たず》ねる。その視線は、誰よりもまっさきにウィルフレドへと向かっていた。

無理もない。顔を隠さなくてはならないとは言っても、覆面を被っていればそれはそれで目立ってしまう。

「前回、派手にやられちまったからね。今更ながら危機感を抱いた奴《やつ》らが多いのさね。

あとまあ……」

シュムカは一瞬だけ視線をウィルフレドに向けると、

「アレのことは、あーたも気になるだろうけど、あんま詮索《せんさく》しないでいてくれると助かる」

「う、ん……」

返事はしたものの、納得した風でもないテペウに、

「あーたに迷惑はかけない……と、はっきり言い切れないのが情けないとこだが、極力トラブルはこちらで処理するようにするよ」

「……うん、わかった。シュムカがそう言うなら、僕は何も言わない、よ」

「助かる。恩に着るよ、テペウ」

シュムカの言葉に合わせて、ウィルフレドも軽く頭を下げた。

そうして一通りの挨拶《あいさつ》を終えると、シュムカはため息交じりにウィルフレドを見つめた。

「とりあえず、兄さんの格好をもう少し何とかした方がいいかねえ」

結果、狼の頭骨《ずこつ》と毛皮で作った、狼の頭部を模《も》したフード状の被り物──《峰に立つ牙》の民の戦闘装束であるらしい──を常に着ているように命じられることになったのだった。

仕方がないと納得はするものの、やはり――。

「……暑い」

この日何度目になるのかわからない言葉を呟《つぶや》くウィルフレドだった。

＊

ウィルフレドたちがテペウの集落に着いた翌朝。

集落の長たちによる軍議が開かれた。

亜人の社会は、アルガントのように明確なピラミッド形をしているわけではなく、会議などは全員参加が原則であった。

シュムカの集落での、この結束軍に参加する者を募《つの》った際のやり取りがいい例だろう。であるから、軍議が長のみの参加となったのは、単純にスペースの問題だった。

今回、結束軍に加わった集落はおよそ百三十、集まった亜人の総数は六千ほどである。それだけの人数を一挙に収納し、円滑な会議を進められるような場所が、テペウの集落にはなかったのだ。

この数年、ウィルフレドにとって軍議と言えば自分を中心としたものばかりだったため、完全に蚊帳《かや》の外に置かれるような状況は新鮮ではあった。だがやはり、どうしてももどかしさを感じてしまう。

早く詳しい情報が知りたいと、じりじりしながらシュムカの帰りを待つこと二時間。

ようやく軍議が終わり、集落の民の元にシュムカが戻ってきた。

シュムカの集落に属する《峰に立つ牙》の民に与えられたのは、洞穴の中のドーム状に開けた空間だった。

彼らだけではなく、テペウの集落にはこれと似たような場所がいくつもあり、結束軍に集まった約百三十の集落それぞれに待機場所を割り振られていた。

当然、洞穴内であるため本来は暗いはずなのだが、洞穴の低層のほとんどの壁にヒカリゴケの類が生息しており意外なほどに明るかった。

待機場所に戻ってきたシュムカの周りに集落の民たちが集まって座ると、結束軍参加者五十一名を前にシュムカは語り出した。

「ニンゲンの軍は——約二万」

口火を切った一言に、《峰に立つ牙》の民たちがどよめいた。

無理もない。今回集結した結束軍の三倍を超える大軍なのだ。

「別になんてことないよ。ひとり当たりニンゲンを四人倒せばお釣りがくるじゃないか。三、四人程度のニンゲンなんて物の数じゃないさ」

動揺を見て、即座にキヤロが陽気な声を上げる。

当然、士気向上を狙《ねら》ったものだろうが、彼女の本心でもあるのだろう。その言葉に、気負いや虚勢《きょせい》といったものはまったく感じられなかった。

シュムカが楽観的に過ぎるキヤロをどう見ているのか定かではなかったが、口から出たのは、さして感情の籠《こ》もらぬ声だった。

「いいかい、話を続けるよ」

ニンゲンの軍――つまり、アルガント軍は、テペウの集落の北東約十六トリア（四十八キロメートル）の台地に布陣しているとの話だった。

北に山を望み、東西は下り斜面、南は開けた平野となっているが、やはり徐々に下っている。断面図を見るなら、やや前傾した階段の中段のような地形と言える。

アルガント軍の布陣している場所を中心として半径四トリア（十二キロメートル）圏《けん》内《ない》には、四つほどの集落が集中しており、どこが最初に攻撃目標とされるのか予断を許さない状況である。

昨夕には台地に到達していたアルガント軍だったが、そこで進軍を停止し、陣を組み始めたようだ。

直前に偵察部隊が確認したところによれば、アルガント軍は山を背にした布陣である。本営を中心として両翼《りょうよく》を《V》の形に伸ばした陣形を作って亜人を待ち構えるようであった。

これに対して、フ・ボホル結束軍は正面からの突撃を敢行《かんこう》する、というのが軍議による決定であった。

「どう思うね、黒狐の兄さん？」

一通りの話を終えた後、シュムカは真っ先にウィルフレドに訊ねてきた。

話を振られることもあるかもしれないとは思っていたが、いきなり名指しされるのは予想外で、少し戸惑《とまど》ってしまった。

「私の前に、他のひとたちの意見を聞かなくてもいいのかい？」

ウィルフレドは遠慮がちにそう訊ねる。

言葉にこそ出していないが、キャロなどは「こんなヤツの言うことなど聞く必要はない」とでも言いたげな表情で、完全にそっぽを向いてしまっている。

シュムカはそんな周りの様子を見て、けらけらと笑う。

「兄さん以外の意見なんて聞かなくともだいたいわかるさね。まあ、一応、聞いておいてもいいけど……キャロ？」

と指名されたキャロは、

「貧弱なニンゲンどもが何をしてきたって、あたしらフ・ボホルの戦士にかかれば物の数じゃないよ」

明らかに人間を見下しきった意見であり、何も考えていないことの証明ですらあった。

シュムカはそんなキャロにわずかに眉《まゆ》を寄せたが、口からでたのは彼女以外に向けた言葉だった。

「クゥはどう思う？」

「ニンゲンの軍は頭さえ潰《つぶ》せばバラバラになるのはわかってる。その頭のいるところまでの道をわざわざあけてくれているのだから、その道を突き進んで頭を潰そうとするのは悪くない……と思う」

キャロに比べれば遥《はる》かに冷静な意見ではあったが、ククルの言葉も首長軍議で出た中央突破作戦に賛同《さんどう》するものだった。

「まあ、こういうこった。まっすぐ突っ込んで力任せにぶん殴《なぐ》る作戦を嫌うフ・ボホルなんていやしないってこったよ。そういうのが好きじゃなさそうなヤツがいるとしたら、兄さんだけだから、聞いてみたってわけさね」

肩を竦めて皮肉っぽく笑うシュムカに、ウィルフレドも笑顔を向けた。

「嫌だな。何か誤解しているようだけど、私だってまっすぐ突っ込んで力任せに殴る作戦は大好きだよ――」

ウィルフレドは口元に笑みをたたえたまま、目に真剣な光を宿す。

「――ただし、それで勝てるならば、だけどね」

宣告のような……いや、あたかも予言のような一言であった。

「ククルが言った通り、人間の軍隊は中央集権的で、トップが倒れればそれだけでほぼ《負け》になる。だからあの陣形に対して、本営に突貫するのは悪い作戦じゃあない」

他でもない〝アルガントの黒狐〟のお墨付《すみつ》きだ。ククルにもキヤロにも、他の牙の部族の顔にも勝ち誇るような笑みが浮かんだ。

だが、その笑みは次のウィルフレドの一言で、一瞬にして凍りつくことになった。

「まあ、無理だろうけどね」

ウィルフレドの一言を冷静に受け止めていたのはシュムカだった。さしたる衝撃を受けた様子もなく問いかける。

「無理ってのは、どういう意味でだい？」

「フ・ボホルの突撃が本営に到達するより早く、両翼が迫り包囲され、あとは前後左右からの攻撃で殲滅《せんめつ》――といった結果になるのじゃあないかな」

「なんっ……だと！」

侮辱《ぶじょく》、と受け取ったのだろう。敗戦を予想されて激昂《げっこう》しそうになるキヤロを、いち早く制したのはシュムカだった。

軽く手を上げ、キヤロの言葉を封じ、ウィルフレドに先を促《うなが》してくる。

「あの陣形は、V字形というより椀《わん》形の陣形で底が厚い。両翼の機能を、左右から包囲することよりも中央部への突撃を受け止めることを重視した形なんだ。だから、いくら精強なフ・ボホルたちだって、そう簡単に中央突破は難しいだろう」

滔々《とうとう》と語るウィルフレドの言葉に違和感を覚えたのか、シュムカはわずかに首を傾《かし》げる。

「なんか妙に詳しいねえ」

「ん。まあ……ね」

奥歯に物が挟まったような物言いのウィルフレドを、ククルがじろりと睨みつけてくる。

「おい、お前。何を企んでいる？」

「人聞きが悪いな。別に企みなんてないよ。どう伝えたものかと考えていただけだよ」

ククルの言葉に苦笑を浮かべたウィルフレドは、諦《あきら》めたようなため息と共に口を開いた。

「あの布陣は、私がニンゲンの指揮官に教えたものなんだよ」

一瞬、周囲がざわめいた。

裏でニンゲンと通じている——と勘違いされたのかもしれない。

事実、剣呑な表情を浮かべる者も多く、筆頭《ひっとう》のキヤロなどは今にも叫びだしそうになっている。

彼女にどうにか先んじて、ウィルフレドは言葉を続ける。

「私がサンマルカ要塞《ようさい》を出発する時に、フ・ボホルの攻撃があった際の対処法をいくつか用意して後任の司令官に教えておいたんだよ。その中のひとつが、あの陣形というわけさ」

事情を説明しても、ウィルフレドに対する周囲の刺々《とげとげ》しい視線は大して変わらなかった。

余計な真似《まね》を、と多くの視線が言外に語る中、ひとりシュムカが陽気な声を上げる。

「なぁるほど、そいつはいい。じゃあ、アレの弱点もあーたならお見通しだろう？」

「弱点……か」

呟き、考え込んでしまうウィルフレドに、シュムカは眉を寄せる。

「まさか、ないとか言わないだろうね。あるいは――」

シュムカはみなまで口にすることはなかったが、彼女の言いたいことはわかる。「あるいは、教えたくないのか」ということだろう。

無論、ウィルフレドが考え込んだのは、そのどちらの理由でもない。

「いや、弱点はあるよ。あの陣形は、機動性と柔軟性に欠けるのが欠点だ。特に、左右両翼の更に外側や、本営の後方からの攻撃には極めて弱い」

自らの残した案の欠点を語るウィルフレドは、そこで一度言葉を止めた。そして、少し困った風に頭を掻きながら、「ただね」と付け加える。

「今回は、アルガント軍が陣取ってる場所が問題だ。台地の平坦部いっぱいに陣を広げているから、両翼の外から攻撃する際には台地への斜面を登りながら攻撃することになる。いくらフ・ボホルが人間より強いと言っても、不利は免《まぬか》れない。両翼の攻略に手間取れば、結局包囲されることになるだろう」

「なんとも厄介《やっかい》な場所に居座ったもんだねえ……」

苦虫を噛《か》み潰《つぶ》したような表情でシュムカが呟くのに合わせて、「どうせ」というククルの声が聞こえて来た。

「あの台地に布陣するように指示したのもお前なのだろう?」

「まあ……そうだね」

ウィルフレドは頬《ほお》を掻きながらぎこちなく頷《うなず》いた。

首肯《しゅこう》すればどうなるか予想もついたのだが、嘘《うそ》をつくわけにもいかない。案の定、周囲から向けられる視線に、剣呑……とまではいかないものの、迷惑そうな色合いが混じる。

「参ったねえ。要するに、あーしらはまたあーたと……〝アルガントの黒狐〟と戦わなきゃならないってわけかい?」

ため息交じりのシュムカの声に、鼻息も荒くキャロが答える。

「ふん、いいじゃないか。今度という今度こそ息の根を止めてやるよ」

「ボロ負けしたヤツの台詞《せりふ》じゃあないねえ」

シュムカに呆れ返ったような口調でそう告げられては、さすがのキヤロも言葉を失うばかりだった。

「何度も言うけど、あーしは面倒なことは嫌いなんだ。なんか楽な攻略法とかないのかい、兄さん」

シュムカの問いかけは、疑問でもあり否定でもあっただろう。「そんな便利なものあるわけないいだろうけど」という言葉を言外に含んでいた。

だが。

「あるよ」

ウィルフレドは微笑を浮かべながら、何でもないことのようにさらりとその一言を口にした。

「実を言うと、ものすごい楽な攻略法があるんだ」

「ほうほう?」

とシュムカは身を乗り出して相槌《あいづち》を打つ。いや、シュムカだけではない。話を聞いている《峰に立つ牙》の民のすべてが――あのキヤロでさえも――ウィルフレドの話に呑《の》まれ耳を傾けている。

「あの陣形の攻略法はね――」

ウィルフレドは、すっと大きく息を吸い、そして——。

「——何もしないことだ」

話を聞いていた《峰に立つ牙》の民たちが、みな一様にぽかんとして頭の上に《？》を浮かべる。

「あの陣形は迎撃用の陣形なんだ。敵を待ち構えるための布陣、というわけだね。おそらくアルガント軍は、あと数日はあの場所から一歩も動かないと思うよ。私は、あくまでも《亜人が襲撃してきた時》のために要塞司令官にいくつかの案を残して来たんだ。あの場所にあの陣形で布陣するのもそのひとつで、攻め込む時に使うものじゃあない。だから、アルガント軍もあそこから動けないのさ」

「確かに、楽は楽ですけど——」

ウィルフレドの説明を聞いて声を上げたのはすぐ隣に座るチトリだった。

その顔にはどこか呆れたような色が浮かんでいる。

「ニンゲンは動けない、チトたちも何もしない——じゃあ何も変わらないじゃないですか。このままずーっと睨めっこしてるとか、チトは嫌ですよ」

「いや、変わる。睨めっこしているだけで大きく変わるものがある」

チトリだけでなく、周囲の牙の民たちもみなわずかに首を傾げている。

「食い物かね」と真っ先に口にしたのは、シュムカであった。やはり集落の長であるだけに、そういった点には敏感《びんかん》なのかもしれない。

ウィルフレドはこくりと頷く。

「そう、食糧だ。一日二食としても、向こうは二万の軍なんだから一日で四万食。十日も粘れば四十万食だ。生産能力がほとんどなく、本国からの輸送に頼っているアルガント軍は遠からず息切れする。文字通り、腹が減っては戦《いくさ》はできないからね」

「……ニンゲンとて、そうそう馬鹿ではあるまい。息切れする前に一気に決着をつけようと向こうから動いてくるのではないのか？」

今度の疑問の声はククルからのものだった。

ウィルフレドは「そうだね」と頷きながらも、

「向こうから動いてくれるなら、話はもっと簡単だ。さっき言った通り、あの陣形は左右両翼の外側や本営後方からの攻撃に対して脆《もろ》いからね、そこを突くだけの話だよ。仮にアルガント軍が攻勢に際して陣を変えるのなら、その最中を狙ってもいい」

おお、と周囲から嘆息《たんそく》が漏れる。

それは納得と感心を音にしたものだった。

とはいえ、当然ではあるが全員が納得したわけではなく、再びククルから疑問の声が持ち上がった。

「だとすれば、もうひとつ奇妙なことがある。なぜ、ニンゲンは自分たちから攻めておきながら、そんな陣形を使うのだ？」

当然の疑問ではあったが、それに対する答えもウィルフレドの中ではっきりと出ていた。

「簡単に言えば、私のせいだね」

と、ウィルフレドは皮肉げに笑う。

「私が要塞に残してきた案の中に、《攻撃用》や《侵攻用》のものはないからだよ。少なくとも私は、フ・ボホルを人間の側から攻撃する理由はないと思っていたからね。後任者にはこちらからは戦端を開くなとも言っていた。攻撃用の作戦が必要になるとは思っていなかったのさ」

アルガント軍の指揮官――それは、ウィルフレドの残した策を使う点から見ても、ウィルフレドの軍監《ぐんかん》であったカマラサだろう。

あの陣形が迎撃専用のものであることを、カマラサには説明してある。

だから、カマラサの中で葛藤《かっとう》はあったはずだ。

ウィルフレドの案を用いるか、己の才覚で勝負するか。

結果として多少の不利を承知で前者を選んだわけは、己の才覚で勝負した結果、亜人に惨敗《ざんぱい》した記憶があったためでもあるだろう。

「じゃあ、更にもうひとつ」

と、続いてシュムカが口を開く。

「あーたの言うことが本当なら、ニンゲンにはあーしらを攻める理由はないってことになる。なのに、今こうして攻め込んできているのはどういうわけだい？」

「こればかりは推測するしかないんだけど……」

おそらく、アルガント軍の指揮官であるカマラサは、焦《あせ》っているのだろう。

原因はウィルフレドだ。

ウィルフレドの廃位《はいい》とモデストの立太子は、アルガント帝国を揺るがしたに違いない。

実績を示した皇太子を廃し、他に兄皇子がいるにも拘わらず第十三皇子を冊立《さくりつ》する。

これで批判が出ないわけがなかった。まして、偽嫡疑惑《ぎちゃくぎわく》などという強引な手法で貴族諸侯が納得するわけもない。

レオノール派が舵取《かじと》りを誤れば、内乱のひとつやふたつ起きかねない騒ぎだ。

（いや……実際に、今まさに内乱が起きている可能性だってある）

アルガント本国の情報など手に入りようがなく、ウィルフレドにできるのは想像することだけ。

その想像だけで語るのならば、アルガント帝国では叛乱《はんらん》か、もしくは叛乱未遂の事件が起きるはずだ。

規模の大小、鎮圧の速度などウィルフレドの想像を超えることも起こるだろうが、最終的に行き着くところはひとつしかない。

即《すなわ》ち、レオノール派の勝利だ。

レオノール派が皇帝を握っている以上、対抗勢力はどう頑張ったところで《賊軍《ぞくぐん》》《叛乱軍》の立場を抜け出られない。それでは名分が立たず、兵も将も集めるのに苦労することだろう。

（せめて強力な求心力を持つ人物がいれば――）

ウィルフレドは自らに問いかけるが、その解答には失笑が浮かぶばかりだ。

どう考えたところで、現状、レオノール派の対抗勢力の旗印《はたじるし》として最も適しているのは、他でもないウィルフレドなのだ。

だが、そのウィルフレド自身、既にレオノール派の策謀に敗北していた。

この事実からも、レオノール派と対抗勢力との勝敗がわかろうというものだった。

せめて親しい人たちだけでも、無用の騒乱を避けていてくれれば、とも思うが……。

「……？　どうしたね、兄さん？」

ひとり黙考し始めてしまったウィルフレドを現実世界に戻したのは、シュムカの怪訝《けげん》そうな声だった。

「あ……ああ。いや、なんでもない――」

ウィルフレドは軽く頭を振って、思考を現在の問題へと戻す。

「アルガント帝国の本国では、今ちょっとした揉《も》め事《ごと》が起きていると思う。そのため各地の貴族諸侯は、暗に旗色《はたいろ》を鮮明にすることを求められているのだろう。今回のニンゲンの侵攻はそのせいだと思う」

もう少し詳しく言うのであれば、カマラサは——というよりも現在のサンマルカ要塞は、どう足掻《あが》いても自立できない。対岸のヒスパリスに頼らざるを得ないのが現状であり、そのヒスパリス総督《そうとく》が強固なレオノール派である以上、要塞やカマラサもレオノール派に与《くみ》するしかないのだ。

翻《ひるがえ》ってサンマルカ要塞軍は、直前にウィルフレドを司令として戦った軍隊であるし、将兵の中にもウィルフレドを信奉する者もいる。

その中で、ウィルフレド派であることを否定したいカマラサは、まずウィルフレドの対外政策——つまり亜人族との講和——を否定しようとしたのだろう。

「つまり——」

ウィルフレドの説明を聞いたククルがため息交じりに口を開いた。

「ニンゲンが攻めて来たのは、お前のせいというわけか」

まさに、半ば以上その通りであるので、否定もしづらい。

あまり好意的とも言えない視線にウィルフレドが晒《さら》されていると、その視線を自らに集めようとしているかのように、

「まあまあ、みんな落ち着くですよ」

と、チトリが大仰な身振りで喋り出した。腰の後ろでは尻尾《しっぽ》が楽しそうに左右に揺れている。

「確かにニンゲンが攻めてきたのは、ちょっとぐらいウィルのせいなのかもしれないですけど、でも、ウィルの言うことが本当なら、ニンゲンを撃退するのだって難しくないってことですよ！」

嬉々《きき》として語るチトリではあったが、ウィルフレドはすぐに返事をすることができなかった。

その様子に、少し訝《いぶか》しんだ風にチトリが首を傾げる。

「ねえ、ウィル。そうですよね？」

「まあ、そうなんだけど……実は私の話には、ちょっと……いや、かなり重大な欠点があるんだ」

ははは、と情けなく乾いた笑い声を漏らしながらウィルフレドは頬を掻く。

今の話の欠点とは何だろうかと、みなが首を傾げるのとほぼ同時に、ウィルフレドの困り果てた声が響いた。

「私の話が信じてもらえるかな、か、か、か、か、か？」

「あ」

と声をあげたのは誰だったか。

いや、誰というよりは、誰もがというべきだろうか。

「そそ、そうだ！　誰がお前の言うことなんか信用するもんか！」

今思い出したとでもいう風に慌《あわ》てた様子でキヤロが声を荒らげる。

キヤロがウィルフレドに荒々しい言葉を投げかけるのは、これまでにも幾度となく見られた光景であったが、ただ、今回は周囲の様子が些《いささ》か違った。

これまでは、直接口に出すにしろ暗に顔に浮かべるにしろ、キヤロに同意する者のほうが多かった。

今回はどちらかと言えばキヤロを非難するような視線を向ける者のほうが多かった。

もっとも、大半は困惑《こんわく》した様子で視線を彷徨《さまよ》わせていたのだが。

だが、一番の違いは、

「いや、キヤロの言うことが正しい」

ウィルフレドがあっさりと認めてしまったことだった。

「私だって立場が逆なら、私のようなヤツの言うことを軽々に信じることはできないからね。もっともらしいことを口にしてはいたが、例えばニンゲンの軍には今すぐ攻撃されては困る理由があるとしたらどうだろう？　私が耳触りのいい言葉を使ってフ・ボホル結束軍の動きを止め、フ・ボホルが勝機を逃すよう画策《かくさく》しているとしたらどうだ？

君たちはまんまと私の罠《わな》に嵌《はま》ることになる」

つい先ほどまでウィルフレドの話に感心し聞き入っていた《峰に立つ牙》の民たちが、息を呑み顔を青くする。

実際にウィルフレドの罠に嵌められ、多くの犠牲者を出した戦いからまだ二箇月《ふたつき》も経っていない。

ウィルフレドがこの場でどれほど理を説こうと、フ・ボホルたちの敵愾心《てきがいしん》と疑心が薄れることはないだろう。

「私が語ったニンゲンの軍への対処法は、私がフ・ボホルの指揮官であるか、あるいは私の言葉を全面的に信用してくれる人物が指揮官である場合にのみ有効なんだ」

付け加えるのならば、ウィルフレドと同じことを考える人物がフ・ボホル結束軍の指揮官であった場合も含まれるのだが、今朝の軍議においてそれは完全に否定されてしまっていた。

「だから、私の策は使えない」

ウィルフレドはもどかしくてたまらなかった。

勝利への道筋が見えているのに、それを活用できない。レオノール派に手足を縛られ拘束されていた時以上の不自由さを感じていた。

（いや……これまでが甘やかされていたというべきだろうな）

ウィルフレドが初めて戦場に立った時、彼は既に皇子として一隊を率いる身であった。傍《かたわ》らには彼の才覚を全面的に信用するマルセリナもいた。

他人の信頼を勝ち得るために何かをした、という経験がない。立場を失った今、そのツケを払うことになったということだろうか。

まさに《虎の威《い》を借る狐》だったということだ。

〝アルガントの黒狐〟。

その名の揶揄《やゆ》するところをこれほど痛感したのは初めてだった。

その時。

ウィルフレドが消沈し目を伏せた時、その俯《うつむ》いた視線に飛び込んで来たのは、ひとつの影であった。

気づけば、ククルがウィルフレドの目の前に立ち、硬い表情で彼を見下ろしていた。

「軍議で決まった通りにフ・ボホルがニンゲンの軍と正面からぶつかった場合、我らが勝つことはできないのか？」

「難しいだろうね。はっきりと無理と言ってもいいくらいだ」

今更、気休めを言ってもどうにもならない。ウィルフレドは断言する。

「フ・ボホルひとりひとりの強さを否定するつもりはないが、君たちは三倍の兵力差を軽く見すぎている。一対三と千対三千ではまるで違うんだ。付け加えるなら、私がニンゲンの指揮を執《と》ってフ・ボホル結束軍を破った前回の戦いでは、今回より兵力差は少なかったはずだ」

　ウィルフレドの概算《がいさん》が正しければ、前回の戦いではアルガント軍二万に対して、フ・ボホル結束軍は八千ほどの数であったはずだ。

　シュムカの集落を始め《峰に立つ牙》の民からの参加者は前回よりも増えているようだが、強硬派である《野を馳せる蹄》の民や《断崖に吼《ほ》える角》の民の多くが前回の戦いで喪われてしまっていることが数を減らした理由だろう。

　ニンゲン何するものぞ、数の差何するものぞ、と誰よりも言いたいのはこの集落内での強硬派に当たるキャロたちなのだろうが、そのキャロたちは取りも直さず前回の敗戦の経験者である。その戦いを例に出されては、口をつぐむしかない。

「更に言えば、本来フ・ボホルの最大の利点となり得る地の利も、今回に限っては完全にニンゲンに奪われている。これで勝てると思う方が難しい」

　ウィルフレドがサンマルカ要塞に着任するより以前、フ・ボホルたちがアルガント軍に有利に立ち回れていたのは、その地の利を活用できていたからだ。山岳部や狭隘《きょうあい》な谷間では数の差が出づらく、個々の能力で優位に立つフ・ボホルたちにも勝機を見出《みいだ》しやすい。

　もっともそれは、フ・ボホルたちが積極的に地の利を活用していたというより、アルガント軍があまりにも不用意だったせいだ。

だが、その折の勝利のせいで、《ニンゲンがどれだけ数を恃《たの》もうとフ・ボホルには敵《かな》わない》という認識を結束軍の戦士たちに与えてしまっているのだ。

それが、今回の無謀にも思える突撃の遠因《えんいん》にもなっているのだろう。

だからこそ、血気に逸《はや》るフ・ボホルたちに持久戦を提案したところで却下されるのは目に見えている。

「お前が言った案以外に、今回ニンゲンに勝てる策はひとつもないのか？」

「もちろん、あるさ。でも、同じことだよ」

ククルの問いかけにウィルフレドはゆっくりと首を振る。

「私がどんな策を立てようと、それを信じ実行してくれる者がいなくてはどうしようもない。二万の軍を前にして、私ひとりができることなど高《たか》が知れている」

「お前に手を貸す者などひとりもいないと？」

ウィルフレドには、ククルの言葉の意味がよくわからなかった。当然のことすぎて、わざわざ問われるようなこととも思えなかったのだ。

「私には自分の潔白《けっぱく》を証明する術《すべ》がない。文字通り命運を賭《か》けたこの状況で、身の証《あかし》を立てられない男を信用する者などいるわけがないじゃあないか」

諦観《ていかん》と厭世《えんせい》の入りまじった気分で、吐き捨てるようにウィルフレドは口にした。

と、その時。

不意にククルは手を伸ばすと、ウィルフレドの襟首《えりくび》を摑《つか》み、顔を上げさせた。

必然的に、ククルとウィルフレドの目が合う。

「ならば――」

ウィルフレドは射すくめられた。

ククルの強い意志の籠《こ》もった視線に射抜かれ、一時、言葉どころか呼吸さえも忘れてしまっていた。

そして。

「ならば――クゥ、クゥがお前、お前を信じ、信じてやる、やる！」

ククルは強く宣言した。

「クゥがお前を信じ、お前の手足となってやる。それだけで足りないのなら――」

ククルは周囲に座る《峰に立つ牙》の民をぐるりと見わたし、その場に跪《ひざまず》くと――。

「頼む、みんな！　今だけ、この時だけでいい。コイツのことを信じてやってくれ！」

深々と――額を地面にこするように頭を下げたのだった。

「ククル……君は、なぜ……」

なぜそこまでするのだと問いかけようとして、ウィルフレドは言葉を飲んだ。

はっとする。ひたむきなククルの姿にウィルフレドは頭を殴《なぐ》られたような衝撃を受けていた。

そうだ。今するべきことは、彼女の真意を質《ただ》すことではない。ましてや、自分が信頼を得られていないことを嘆《なげ》くことでもなかった。

ウィルフレドはククルに倣《なら》い、彼女の隣に跪く。

そして、深々と頭を下げた。

「頼む、私を信じて欲しい」

そうだ。今するべきことは、ただひたすらに信じてもらえるよう力を尽くすことだった。

しばしの間、その二人の姿に誰も何を口にすることもできず、沈黙が流れる。

首長の役目だと思ったのか、重たい口を開いて沈黙を破ったのはシュムカであった。

「……黒狐の兄さん。あーしはあーたのことが嫌いじゃないし、悪いヤツだとも思ってない」

その言葉に、ククルの表情がわずかに輝く——が。

「だけどね、だからこそ、あーたのことは信じられない」

ぴしゃりとしたシュムカの一声で、再び空気が凍りついた。

「こう言っちゃなんだけど、あーたがもう少し悪いヤツだったら、あーたのことを信じていたかもね。自分が生き延びるためなら、他の何を犠牲にしても構わない、というようなヤツならね。だけどあーたは、自分で気取っているほど悪党にはなりきれないヤツだ」

シュムカは、ふう、と重苦しいため息をついた後、瞳を針のように細め、鋭利な刃物のような視線でウィルフレドを貫いた。

「例えば、あーたの親兄弟を殺さなきゃフ・ボホルに勝利はないとわかった時、あーしらの勝利に協力することができるのかい？」

ウィルフレドが集落に来たその日、やはり似たようなことをシュムカに訊《き》かれた。その時は「すぐに答えを出せない」と返したが、その答えを出す時が来たのかもしれない。

「本当にその状況となった時、まず私が考えることは決まっているよ。《親兄弟を殺さずに、フ・ボホルを勝たせるにはどうするべきか》だ」

ウィルフレドの答えに、シュムカが眉をしかめる。彼女が聞きたいのはそういうことではないとウィルフレドもわかってはいたが、言わずにはいられなかったのだ。

もちろん、ウィルフレドもその答えでは何の解決にもならないことは承知している。

「正直に言うよ。親兄弟を殺せるかを問われれば、わからないとしか答えられない。ただ、ひとつだけ断言できることがある」

ウィルフレドは一瞬だけ傍らにいる少女に視線を向けた。

「どんな状況になったとしても、ククルの命だけは助ける。それが結果として親兄弟を殺すことになろうとも、だ」

「な……っ⁉」

この宣言には、さすがのシュムカも驚きを隠せなかったようだ。口を開き目も見開いて、ぽかんとした表情を作った。

もちろん、驚いたのはシュムカだけではない。

集落の民のほとんどすべてがシュムカに負けず劣らずの驚愕《きょうがく》の表情を浮かべていた。ただ、彼らの視線の行く先はウィルフレドではなかった。むしろその彼に一体どんな恩を売ったのだとばかりに、ククルへと向かっていた。

だが、誰よりも驚いていたのは他でもないククル自身だった。

自分が注目されているのにも気づいていない様子で、眦《まなじり》が裂けんばかりに目を見開き、ただひたすらにウィルフレドを見つめていた。

「……クゥと親兄弟を天秤《てんびん》にかけてもクゥの方が重いってのかい？　あ、あーたがそこまでクゥに拘《こだわ》ってる理由はなんだい？」

「なぜって、それはシュムカが一番知っているはずじゃあないか」

「まさか――⁉」

心当たりに気付いたらしいシュムカだが、納得するわけでもなくむしろより一層、驚きの表情を強める。

ウィルフレドはにこりと微笑《ほほえ》みながら力強く頷いた。

「もちろん、私はククルに借りがあるからだよ」

「そ、その程度のことで……？」

「《その程度》と言い切れることでもないよ。ククルがいなければ、私は集落の誰かに殺されていた。百歩譲《ゆず》って生き永らえたとしても、見知らぬ土地に放り出されて野垂れ死んでいたのが関の山さ」

それ以外にも、ウィルフレドは今日まで何度ククルに命を救われていたかしれない。

それはウィルフレドにとって、殊《こと》の外《ほか》、大きな出来事であったのだ。

「命の借りは命で返すしかないだろう？」

穏やかに、だがはっきりとウィルフレドが言い切ったその瞬間だった。

「お、俺《おれ》は――――！」

一人の牙の民の男が、ウィルフレドの言葉に衝撃を受けた様子で弾かれたように立ち上がっていた。

「俺は、このニンゲンを信じる！」

「バキッ……」

ククルが呟いたその名は、ウィルフレドには憶えのないものであったが、彼がどういった立場の人物であるのかは知っていた。

「……俺は、このニンゲンがハルバナを助けてくれたことを忘れちゃいない。そいつがいなければ、ハルバナも腹の子も俺の前からいなくなっていたかもしれない」

彼は、ウィルフレドが狩りに参加した際に一緒になった妊婦、ハルバナの夫にあたる人物だった。

「そいつの言う通りだ、命の借りは命で返すしかない。俺は、二人分の命の借りをそいつに返す必要がある。だから、誰が何と言おうと、俺はこいつを信じる！」

バキツは力強く宣言した。

それればかりではなく、彼は周囲の牙の民を見回しながら言葉を続けた。

「みんなに決断を押し付けることはできないが、このニンゲンは、俺たちフ・ボホルを殺すだけのニンゲンじゃなくて、救ってくれることもあるんだってことを、みんなにもわかって欲しい。きっとこの場にハルバナがいたら、やっぱり信じると言っただろう」

バキツの言葉に真っ先に反応したのはシュムカだった。

「確かに、バキツの言う通りかもねえ。少なくとも、この兄さんは一度ウチの集落の者の命を救ってる。あーしも集落の長として、その借りは返さなきゃならないかもしれない」

シュムカは面倒臭そうにがりがりと頭を掻いた。

「黒狐の兄さんにも相応の覚悟があることはわかったし、今回に限ってはあーしも兄さんを信用することにするよ」

ため息交じりのシュムカの宣言に、再び周囲がざわめいた。

ならば自分たちもウィルフレドに――ニンゲンに従わねばならないのか。みながそんな不安を持ち出すより先に、シュムカは宣言していた。

「何度も言うけど、あーしは強制は嫌いだ。みんながこのニンゲンを信用するかどうかは、みんなに任せる。――黒狐の兄さんもそれでいいね？」

「もちろん」

いいも悪いもない。シュムカが信用すると言ってくれたことだけでも、願ってもないことだ。

「ただ、どう頑張ったところで、牙の民以外はもちろん、外の集落の連中にも、あーたを信用してもらうことは無理だろう」

「だろうね。最初からそこまで期待してはいないよ」

「だとすれば、仮にここにいる全員が兄さんのことを信用したとしても、高々五十人程度の数だよ？　それで二万のニンゲンの軍と戦えるって思ってるのかい？」

二万対五十。

数にしたらお話にならない兵力差だ。

「私は戦えるだなんて思っていないよ」

だが。

「私は——勝てると思っているからね」

五章　二万対五十

El avandono levanta
la bandera de la bastarda

轟音《ごうおん》が響く。

まるで大地それ自体が唸《うな》りを上げているかのような音が灼熱《しゃくねつ》の荒野《こうや》に轟《とどろ》いた。

鬨《とき》の声をあげ、乾いた大地を駆けるフ・ボホル結束軍。

明確な陣形を作っていたわけではないが、約六千の結束軍はややいびつな紡錘陣形《ぼうすいじんけい》を保って、アルガント軍に突撃を仕掛けて行った。

「ついに始まっちまったかい」

陣の中ほどで、戦場にそぐわない緊張とも興奮とも無縁《むえん》の気の抜けた声を出していたのは、《峰《いただき》に立つ牙《きば》》の民のいち集落を治める首長であるシュムカであった。

しかし今、彼女の周囲に彼女が治める集落の民はひとりもいない。

「よかった……のか、な？」

隣からそう声をかけてくるのは、《洞《ほら》に座す爪》の民のテペウであった。戦場へのそぐわなさは、彼もシュムカに負けず劣らずで、相も変わらず眠気を誘うようなのんびりとした喋《しゃべ》り方だった。

「何がだい？」

「いや……君はずいぶんと攻撃に反対していたみたいだったか、ら」

「ああ。ま、いいさね。五日も時間を稼《かせ》いだんだから、あの狐《きつね》にも文句は言わせないよ」

「きつ、ね？」

「こっちの話さね。あーたが気にすることたぁないよ」

あの日――。

結局、シュムカの集落に属する《峰に立つ牙》の民は、全員ウィルフレドへの協力を約束した。

誰《だれ》ひとりとして強制することはなく、みな自分の意志でのことであったが、内心では様々な思いがあったことだろう。

シュムカが信用すると言ったからには自分も信用するという者もいれば、懸命《けんめい》なククルの姿に心を打たれたものもいる。中には、チトリのようにウィルフレドを完全に信用してしまっている者もいるようだ。少数ではあるが、信用できないから逆に近くで見張るために協力するというキヤロのような者もいた。

彼ら五十名は、ウィルフレドに連れられ、その日の内にテペウの集落から姿を消していた。

……シュムカただひとりを残して。

まさか首長である自分が取り残されることになるとは思っていなかったシュムカは、何か理不尽なものを感じてしまっていたが、

「シュムカにしかできない重要な役目がここの集落にあるんだ」

とウィルフレドから言われれば、彼を信用すると言った手前、嫌だとも言えなかった。

シュムカがウィルフレドから頼まれた役目とは、簡単に言えば《時間稼ぎ》だった。

「できれば三日、可能なら五日。ニンゲンへの攻撃を待つよう、他の首長たちに掛け合って欲しい」

ウィルフレドはそう言い残して出て行った。

それからのシュムカは、自分でもらしくないと思うほどに精力的に行動した。まずテペウにもう一度軍議を開いてもらうよう頼み、そこでしばらく様子を見るよう提案した。

もちろん反発も大きかった。

特にタカ派である《野を馳《は》せる蹄《ひづめ》》の民や《断崖に吼《ほ》える角》の民などの説得には骨が折れたものだった。

ウィルフレドから聞いたニンゲンの陣の欠点や攻略法などを話し聞かせはしたが、ウ

イルフレドの存在を明かすわけにはいかないため、どうしても説得力が弱くなってしまうのだ。

ただでさえ、シュムカの集落にはククルがいる。タカ派の中からは、《ニンゲンを匿《かくま》う裏切り者》という見方をされているのも承知していた。この上、ウィルフレドの話を明かそうものなら、どんな騒ぎになるか知れたものではない。

だが、シュムカはこう見えて《峰に立つ牙》の民の中では、一目も二目も置かれている存在だった。だからこそ、ニンゲンのククルを庇護《ひご》できるわけなのだが、今回、何よりも助かったのは、テペウが味方してくれたことだった。

テペウの集落は決して大規模とは言えないが、結束軍の集結場所として集落を提供している関係上、会議などでは議長役を務めることになる。

その上、テペウ本人も落ち着いた物腰や温和で誠実な人柄から、《洞に座す爪》の民のみならずフ・ボホル全体からの信頼も厚い。

そのテペウがシュムカの意見に賛同してくれたおかげで、蹄の民や角の民たちも強硬《きようこう》な態度に出づらかったのだ。

結果、無事に五日の時間を稼ぐことができた。

軍議の翌々日までテペウの集落内に滞在し、その翌日にはニンゲンが布陣《ふじん》する台地が見える場所まで移動しただけであり、更に一日タカ派を宥《なだ》めすかしてちょうど五日目のこの日に、結束軍はニンゲンへの攻撃を開始したのだった。

自分の役目は果たせただろうと安堵《あんど》する気分と共に、これで本当によかったのかという不安もまたシュムカの中に残っていた。

なにしろこの五日の間、シュムカはウィルフレドどころか集落の民のひとりとも顔を合わせていない。

五日の時間を稼げばどうなるのか、ウィルフレドが何をしようとしているのか、そして今、彼らがどこにいるのか。

そういったことをシュムカは一切知らないのだ。不安になるな、という方が無理だろう。

「大丈夫、かい？」

不安が顔に出てしまっていたのだろうか、隣を並んで進むテペウが声をかけてくる。

「ん。ああ、大丈夫大丈夫」

言葉と共にシュムカは迷いを振り切った。

一度信じると言った以上、この期《ご》に及《およ》んで疑うような面倒な真似《まね》をする彼女ではなかったのだ。

六千のフ・ボホル結束軍はほぼ一団となって緩やかな登り坂となっている荒野を北上していく。

前衛部隊は《野を馳せる蹄》の民と《断崖に吼える角》の民で構成されていた。

強硬派である彼らが、一番ニンゲンと戦いたがっているからという理由もあるのだが、もっと理性的な理由も当然存在している。

彼ら蹄と角の両部族は、フ・ボホルの中でも突撃力と突破力に優れている。

元々、フ・ボホルの作戦は、椀状《わんじよう》陣形のアルガント軍の両翼《りようよく》に包囲されるよりも先に、《お椀の底》を貫いて、その先にある本営を討つことだ。

突破力に優れた彼らを前衛に配するのは、理《り》に適《かな》った判断だと言えた。

それに続く形で、中衛に《峰に立つ牙》の民を主として、その他に参加集落数の少ない小部族などが加わっている。

最後尾を固めるのが、《洞に座す爪》の民であった。爪の民はその巨体から、他の部族の民ほどの俊《しゆん》敏《びん》さを持たないが、頑強さには定評がある。今回も、前衛が《椀の底》を突破できるまでの間、真っ先にアルガント軍の両翼の相手をするのは彼ら爪の民になるだろう。

本来なら、中衛に加わっているはずのシュムカであったが、今彼女は爪の民のテペウと共に最後衛を駆けていた。

人間の軍であれば、中級指揮官に当たるシュムカがこんなところで何をしているのかと咎《とが》められるだろうが、テペウにも周囲を固める爪の民にも、シュムカを咎めるような様子はない。

　結束軍は、アルガント軍のようなピラミッド型の軍制を持たない。というよりも、人間の王政帝政国家に見られるようなピラミッド型文化を持たない、と言ったほうが適当だろうか。

　おおまかに《首長とその集落の民》という括《くく》りで一部隊を形成しているが、各首長を統括《とうかつ》する司令官がいるわけでもなく、首長が自集落の民に命を与えて組織的に行動することもほとんどない。将と兵の区別さえも曖昧《あいまい》だ。

　フ・ボホル結束軍の軍制を一言で言い表してしまうと、《個人が好き勝手に戦う》に尽きる。

　軍隊としては話にならないお粗末さである。

　それで曲がりなりにも万を数える軍隊との戦闘が成立しているのは、偏《ひとえ》にフ・ボホル個人の強さが際立っているためだった。

　だが、それにも限界が来ようとしている。結束軍の人数が徐々《じょじょ》に減っているのが、その何よりの証拠だろう。

　それはシュムカだけでなく、結束軍に参加する首長であるなら誰しもが薄々と感じていることだ。

　〝黒狐〟のふたつ名を持つ特異なニンゲンは、限界を超える一助となり得るのか。

それが、シュムカがウィルフレドを信用することに決めた遠因《えんいん》のひとつでもあった。

——オオオオオオオオオオッ！

一層の雄叫《おたけ》びがフ・ボホル結束軍の前衛から響き渡る。そろそろ敵中央部隊の前衛と接触しようという頃合いだ。

それに先んじて、アルガント軍の弓兵が一斉射を放つ。上空に向けて放たれた矢は、弧を描きフ・ボホル前衛部隊に雨あられと降《ふ》り注《そそ》ぐ。

前衛部隊を構成する蹄の民と角の民のほとんどは練達《れんたつ》の戦士である。矢による被害は少ないものだったが、数千の矢が降り注いで来たのだから無傷というわけにもいかなかった。

幾人《いくにん》かの蹄の民が、ばたばたとその体を荒野に横たわらせた。

対するフ・ボホル結束軍も矢を放つ手槍《てやり》を投げるなどして反撃に出はするが、個人の判断による散発的なものであり、さしたる効果は出ていなかった。

やはり数対数の戦いとなれば、組織力に劣るフ・ボホルは圧倒的に不利な立場に立たされる。

それでも、フ・ボホル結束軍の勢いも止まらなかった。

アルガント軍より二射目が発射されるよりも早く、両軍の前衛部隊が激突した。

後方のシュムカの目に見えたのは、《ニンゲンの軍が弾ける様子》だった。

アルガント軍に紡錘陣の先端が突き刺さると、まるで柔らかな瓜《うり》を殴《なぐ》りつけたように、放射状にアルガントの兵士が吹き飛ばされていった。

さすがの突撃力だ。

だが。

しばらくすると、ぴたりと前進が止まった。いや、むしろ少しずつ押し返されてすらいる。

「どうした！　何が起きてるっ⁉」

後衛を務める爪の民の首長のひとりが声を上げる。しばらくの後に、状況を確認してきたらしい爪の民が報告する。

その彼の話によれば、蹄や角の民の前進を阻《はば》むように、左右からアルガント兵が押し寄せてきたようだ。

椀状の陣形を組むアルガント軍に対し、椀の底を貫こうとしたフ・ボホル結束軍であるが、今、椀の底に新たな底が形成されつつあったのだ。

その二枚目の椀の底にフ・ボホルの前衛部隊は足を止められてしまった。

敵陣突破を図《はか》った部隊が、突破を阻まれ敵中で足を止めることほど恐ろしいことはない。

フ・ボホル前衛部隊は完全に敵中で孤立し、アルガント軍が形成する二枚目の底と一枚目の底とに挟まれている状態だ。

「黒狐の兄さんの言う通りってわけかい」

――中央突破は難しい。

そう言っていたウィルフレドの言葉が思い出される。

その間にも、中後衛の前進は続き、遂には前衛が敵陣を突破できない内に中衛部隊が戦線に到達してしまった。

フ・ボホル結束軍の陣形は完全に崩れ、乱戦状態となり始めている。

アルガント軍の中央部を突破し敵本営を叩《たた》けなければ、いずれ包囲され殲滅《せんめつ》されるのも時間の問題だ――と、やはりこれもウィルフレドが語った通りだった。

最後衛に陣取るシュムカは、まだ敵兵と接触を果たしてはいなかったが、東を見ても西を見ても、大軍の巻き上げる土煙が徐々に迫りつつあるのが見て取れた。

このままでは左右から挟撃《きょうげき》されるにとどまらず、後方も塞《ふさ》がれ完全に包囲される。

いかに人間よりも強い肉体を誇るフ・ボホルだからといって、四方から同時に攻撃を受けることに恐怖を感じずにはいられない。

「ええいっ、あの狐は何をやってんだいっ！」

シュムカは知らずしらずの内に毒づいていた。

その時である。

「よかった！　間に合ったのです！」

不意に、聞き馴染《なじ》みのある、舌足らずさの残る幼い声が聞こえて来た。

シュムカがぎょっとして傍《かたわ》らに目をやると、そこでは嬉《うれ》しそうにふさふさの尻尾《しっぽ》を揺らす牙の民がシュムカを見上げていた。

「チト⁉　あーた、なんでこんなところにいるんだい⁉」

「ウィルのお使いなのです」

「おつ……かい？　あの狐野郎がどうかしたって⁉」

五日間も散々じらされたせいか、シュムカの声はすっかりと荒くなってしまっている。

若い牙の民――チトリは、突然の大声に驚き、わずかに身を縮めた。が、すぐに自分の役目を思い出したのか、慌《あわ》ててウィルフレドからの伝言を口にした。

「えーとですね。『ニンゲンの軍の両翼が迫ってきたら、近くの首長たちに声をかけて、敵の左翼部隊を抑えるようにしてくれ』ってウィルは言ってたです」

「左……？　って、右はどうすんだい？」

シュムカの口から思わず漏《も》れてしまった疑問を、承知していたようにチトリは頷《うなず》いた。

「『右翼部隊はこちらで無力化する』ですって」

「無力化⁉　右翼部隊ったって、四、五千はいるだろう。それをたった五十でどうしようって――」

シュムカの中では、次から次へと疑問が噴出していただろうが、それを口にするのはやめてしまった。

考えるだけ無駄《むだ》なことだ。

チトリがすべての答えを持っているとは思えないし、仮にウィルフレドがこの場にいてすべてを説明したとしても、本当にそんなことが可能なのかなど、疑問は尽きない。

ウィルフレドを信用する。それだけで充分だ。

「わかったよ。ま、なんとかしようじゃないの」

幸《さいわ》い、近くにテペウがいる。

テペウに話を通せば、後衛の《洞に座す爪》の民たちの協力を取り付けることはできるだろう。

「で？　黒狐さんは他に何か言ってたかい？」

「うーんと、『無理に左翼部隊を突き崩そうとする必要はない』って。『ある程度時間を稼げば、ニンゲンの中央部隊が大混乱に陥る。フ・ボホルの前衛がその機を逃さなければ本営までの道は開かれる』です」

必死に暗記をしてきたのだろう。チトリは眉《まゆ》を寄せうーんうーんと唸りながら、ウィルフレドからの言葉を伝える。

「黒狐が予言者だって話は聞いたことなかったけどねえ……」

シュムカは少し呆《あき》れた声を上げてしまっていた。

「よくもまあ、そんな見てきたようなことが言えるもんだ」

「みんなも随分驚いてたみたいです。特にキャロなんか、なんでそんなことわかるんだーとかうるさかったですよ」

「だろうねえ」

無理もない。シュムカとて、この場にウィルフレドがいたら思わず訊《き》いてしまっていたかもしれないくらいだ。

しかし、シュムカが口を開くよりも先に、衝撃的な言葉がチトリの口から発せられたのだった。

「あと『タイミング次第では、こちらが先に敵本営に突入することになる。手柄を貰《もら》うようで申し訳ない』って言ってたですよ」

「――突入⁉　こちらってのは、ウチの集落の連中ってことだよね？　たった五十人で敵の親玉のところへ突入するって？」

「ウィルはそう言ってたですよ」

「………」

これまでウィルフレドの言葉にはさんざん驚かされてきたが、これは極め付きだったと言っていい。

しばらく疑心どころか疑問を思い浮かべることさえもできず、呆然《ぼうぜん》としてしまったシュムカだった。

「大丈夫ですよ。ウィルの言うことですもん」

チトリはきらきらとした瞳でシュムカを見上げている。ウィルフレドを完全に信じきっている。今ならば、彼が言ったと言えば《太陽が四角い》と言っても信じるのではないだろうか。

その盲信の所以《ゆえん》がどこにあるのか訊《たず》ねてみたい気もするが、訊くだけ野暮《やぼ》という気がしないでもない。

「そうさね。あーしもチトを見習って、信じると言ったからには信じようかね」

シュムカは苦笑を浮かべながら、他には何か伝言はあるかとチトリに訊ねたが、今までのですべてであったようだ。

「それで、チトはこの後どうしろとか、言われてるのかい？」

訊いた途端、それまで輝いていたチトリの表情が一瞬にして曇った。曇ったというよりは、膨《ふく》れた。

頰《ほお》を膨らませて唇を突き出し、可愛《かわい》らしくも不満げな表情を作る。

「ホントは、ウィルのところに帰りたいんですけど、駄目だって言われたです。シュムカと一緒にいろって」

ウィルフレドがそう言ったのは、チトリの身を思ってのことだろう。戦場をひとりで移動し続けるのはあまりにも危険だ。

チトリもそれはわかっているのだろうが、かと言って不満が消えるわけでもないようだった。

「ひどいです、チトリひとり除《の》け者《もの》にして！」

まず真っ先に除け者にされた自分の立場はどうなるのだ、と思わないではないシュムカだったが、まさかそんな不毛なことを口にするほど子供でもない。

「それなら、あーしへの伝言なんて引き受けなきゃよかったろうに」

「それはそうなんですけど」

チトリはぶすっと頬を膨らませたまま呟《つぶや》いたかと思ったら、次の瞬間にはその頬を赤く染めていた。

「でもぉ……チトにしか頼めないって言うですから。一番信頼しているからチトに頼むんだってウィルが言ったですよ」

はにかみながら照れくさそうに言うチトリに、ははは、と生ぬるい笑いがこみ上げるシュムカだった。

すっかりと手玉に取られている。

口を挟むべきかどうか、微妙なところではあるが。

「ま、この戦いに生き残ってからでも遅くはないさね」

シュムカの独《ひと》り言《ごと》を聞きつけて、チトリが首を傾《かし》げた。

「……？　なんです？」

「なーんでもないよ。あーたの大事なひとのために、ひと踏ん張りしようってことさね」

「やーん。大事なひととかー、そうはっきり言われると照れるのです」

チトリはどこまでも呑気《のんき》だ。

……と言いたいところではあるが、彼女自身は他人に見せているほど屈託《くったく》がないわけでもない。

ちらりと腰を見れば、尾が垂れ下がりわずかに震えていた。

無理もない。チトリにとっては初めての戦場で、客観的にみれば絶望的な戦況なのだ。ウィルフレドを盲目的に信じることによって、どうにかその不安を和らげているのだろう。

東を見れば、アルガント軍の左翼部隊がかなり迫ってきている。そろそろ弓の射程圏内へと突入するところだ。

「テペウ、いいかい⁉」

「ん、大丈夫。みんなにもちゃんと伝わって、る」

考えてみれば、テペウたち《洞に座す爪》の民は、シュムカたち以上に訳のわからない状況だろう。にも拘《かか》わらず、シュムカの言葉に従い、敵右翼部隊に背を向け左翼部隊と対峙《たいじ》しようとしている。

恐怖心がないわけではないだろうが、爪の民からは不平や不満、士気の低下なども見られなかった。

その巨体もあり、肩を並べて戦うのにこれほど心強い存在もそうはいない。

シュムカは拳《こぶし》を打ち合わせ、力強く叫んだ。

「さあ、お手並み拝見といこうか！」

シュムカの言葉は、テペウたち爪の民に向けたものでもなく、アルガント兵に向けたものでもなく。

この戦場のどこかで暗躍《あんやく》している一匹の黒狐に向けたものだった。

＊

「亜人《バズ》どもの足は完全に止まったようです」

「閣下《かっか》の策が的中というわけですな。さすがです」

「獣《けもの》の頭では、閣下の遠謀《えんぼう》に手も足もでないのは無理からぬことですかな」

アルガント帝国軍、本営。

サンマルカ要塞《ようさい》駐留軍総大将カマラサに従う幕僚団《ばくりょうだん》は、口々に自らの仕える将軍を褒《ほ》め称《たた》えた。

「うむ」

と、カマラサは言葉少なに答えるのみであり、その様子に幕僚団の面々はやや首を傾げていた。

彼らの知るカマラサならば、もっと大仰に喜び、芝居がかった口調で自らの手柄を強調してもおかしくはなかった。

だが、疑問や不信感を抱くよりも先に、緊張しておられるのだろう、と幕僚たちは判断した。

もともと、好戦的な将軍とも言えないカマラサが今回の出陣に踏み切ったのは、多分に政治的な理由からであった。

端的に言えば、今カマラサはアルガント本国より謀叛《むほん》の疑いをかけられている。

謀叛の疑いというのは些《いささ》か大袈裟《おおげさ》ではあるが、ウィルフレド皇太子……いや、元皇太子の息がかかっているのではないかと疑われているのだ。

これは何もカマラサに限った話ではなく、ウィルフレドに関わりのある者や彼に率いられたことのある部隊などは、どこも禊《みそぎ》を求められていた。

多くは金銭などを差し出すことによって恭 順《きようじゆん》の意をしめしていたが、差し出したくとも辺境のサンマルカ要塞に出せる金などない。

結果として、行動でその意思を示すしかなかったというわけだ。

皇太子時代のウィルフレドが対亜人政策を批判していたのは有名で、サンマルカ要塞を放棄する案すら平然と口にしたものだ。

有《あ》り体《てい》に言って国政批判であり、皇帝批判でもあったのだが、さしたる問題ともなっていなかったのには理由がある。

ひとつに、あくまで皇帝の平癒《へいゆ》を待つまでの暫定的《ざんていてき》処置であるという姿勢をとっていたこと。

ひとつに、ウィルフレドの言うことが至極もっともで、亜人の住む南大陸に大した価値を見出《みいだ》せなかったこと。

そして、ウィルフレドの名声によるものだ。

殊《こと》に最後の理由が大きなものだった。

ウィルフレド本人は自身の立場を過小評価していたようだが、寄せられる信頼の大きさはかなりのものだった。

カマラサとて、ウィルフレドに期待しなかったと言えば嘘《うそ》になるだろう。

この辺境の地に喜んで留まっている者など、カマラサを含めて誰ひとりとしているわけもない。南大陸侵攻が白紙に戻れば、自分たちも本国への帰還が叶《かな》う。

ましてあれほどに聡明な皇太子だ。辺境でくすぶっているくらいなら、彼に自分の未来を賭《か》けてみたいと思うのも無理はない。

実際、サンマルカ要塞内において、本国における政変を聞き、上層部――レオノール派の遣《や》り口《くち》を批判する声も少なくなかった。

血気盛《けっきさか》んな若い将の中にはウィルフレド派を標榜《ひょうぼう》する者さえいる。

彼らは、行方不明となった《皇太子殿下》の身を探し出して、サンマルカ要塞をレオノール派に対抗するための本拠とするべきだ、などと口にする。

現実が見えていないとしかカマラサなどには思えなかった。

本国から切り離されれば、サンマルカ要塞は三箇月ももたずに物資の備蓄《びちく》が枯渇《こかつ》する。

事態がここに至っては、ウィルフレドを否定するしかカマラサには……いや、サンマルカ要塞には道は残されていないのだ。

そのためにも、この一戦は重要な一戦だった。

ウィルフレドが暗に進めようとしていた《亜人との停戦》を否定し、アルガント本国に対してカマラサの立場を証明してみせる戦いでもある。

と同時に、亜人族に完勝し、ウィルフレドが特別な才能を持っていたわけではないと

『自称ウィルフレド派』の幻想を打《う》ち砕《くだ》く必要があった。

負けは論外。苦戦、辛勝《しんしょう》も駄目。なるべく早く、できるだけ被害も出さずに亜人たちを駆逐《くちく》し、集落の二つ三つは攻め落とさねばならなかったのだった。

そのことをカマラサの幕僚団も承知していた。

だからこそ、司令官の様子が普段と異なっていることを、絶対に負けられない戦いに臨んでいるせいだろうと判断したわけだ。

「閣下。頃合いかと」

「うむ。予備隊を投入せよ」

幕僚に促《うなが》され、カマラサは命令を下した。

本営の斜め前方に左右にわかれて配置されていた部隊が、亜人族の突撃を受け止めている中央部隊へと向かっていく。

更に陣容に厚みを増した中央部隊によって、さしもの亜人族たちもじりじりと後退を余儀《よぎ》なくされている。

「もはや中央が突破されることはありますまい」

「この後、左右両翼による包囲が完成すれば、亜人《バズ》どもの屍《しかばね》の山が築かれるのも時間の問題かと」

「大勢は決まったようですな」

カマラサと同様にこの戦いの重要性を感じ取っていた幕僚たちは、みな一様に安堵の表情を浮かべている。

「う、うむ。そうだな。これで本国にもよい結果を報告できるだろう」

やや引《ひ》き攣《つ》った笑顔で幕僚たちに応えながらも、カマラサはそら恐ろしさを感じずにはいられなかった。

この戦いには、幕僚団も知らない事実がひとつ存在している。

それは、この戦いに用いられた作戦のほとんどが、ウィルフレドの頭脳から出ていたという事実だ。

ウィルフレド立案の策であることが余人に知られることも恐ろしくはあったが、それ以上にウィルフレドの才覚に身震いを禁じ得ない。

カマラサ自身は、ウィルフレドに言われた通りの場所に言われた通りの陣形を組むよう命令を下しただけだ。

ただそれだけのことで、サンマルカ要塞軍は亜人の突撃を受け止め、そればかりか亜人を押し返そうとしている。

カマラサがこの軍を率いて亜人に苦闘《くとう》を重ねたのは、ほんの数か月前のことだ。

亜人族の精強さも自軍の醜態《しゅうたい》もよく覚えている。

それから何も変わってはいない。

だと言うのに、ウィルフレドはこの場におらずとも敵軍を翻弄《ほんろう》し、自軍を勝利せしめることができるのか。

それがカマラサには恐ろしくてならなかった。

レオノール派は――そして、それに与《くみ》しようとしている自分は――大きな間違いを犯しているのではないか、手を出してはならない猛獣《もうじゅう》に手を出してしまったのではないか、そんな気がしてならなかった。

「いや……」

カマラサは軽く首を振って自分の中に芽生えた恐怖心を打ち払おうとした。

たとえウィルフレドが多大な才能に恵まれていたのだとしても、政争によって国を追われた身――即《すなわ》ち、敗者だ。

行方不明というのが気にかかるが、メルディエタ伯があのようなことになってしまっては再起も難しいだろう。

「閣下。左翼部隊が敵後衛部隊との戦闘に入ったようです」

カマラサは報告を受け、予定通りだなと思いかける――が。

「ん？　左翼？　右翼部隊はどうしたのだ？」

「どうも亜人《バズ》どもが右翼に背を向け、左翼へと向かったようです」

「む、どういうことだろうな？」

と、カマラサは幕僚団に向き直る。

「おそらくは左右両翼を同時に相手にするのは無理と見て、一方から撃破しようと考えたというところでしょうが」

「まさか、撃破されまいよな……」

カマラサが青い顔で思わず呟いてしまうと、幕僚のひとりから笑声《しょうせい》が上がった。

「ははは、ご冗談を。両翼の合流の時間が、多少ずれるだけでございますよ。むしろ、右翼部隊に後背を突かれ、亜人《バズ》どもが壊滅する時間が早まるだけでしょう」

確かにその通りだ。

時間差をつけた各固撃破と言えば聞こえはいいが、亜人たちが各固撃破に費やせる時間はあまりにも少ない。

左翼部隊と接触した瞬間に壊滅でもさせられなければ、後ろから迫る右翼部隊に対処などできないだろう。そして、亜人にそんな真似ができるようならば、この戦いは既《すで》に終わっているはずだ。

「うむ。そうだな、所詮《しょせん》は獣の浅知恵といったところだな」

カマラサが自分に言い聞かせるように陽気な声を上げると、周囲からは追従《ついしょう》の笑い声が響いた。

——とその時のことである。

「閣下！　カマラサ将軍閣下ーっ！」

ひとりの伝令兵が騎乗のまま本営へと駆け込んで来ようとする。

無論、許されることではない。即座に周囲の兵が駆け寄り「とまれ！　馬を降りよ！」「所属隊と名を名乗れ！」などと言った声に晒《さら》される。

「火急の用なのだ！」と伝令兵は叫び、転げるように馬を降りる。そして、カマラサの下まで駆け寄ると、その場に跪《ひざまず》いた。

「閣下、一大事でございます！」

「なんだ、何が起きたのだ」

「オルモス将軍、謀叛にございます！」

伝令兵の一言で、まるでこの周囲だけが戦場の喧騒《けんそう》から切り離されたかのように、静寂に包まれた。

オルモス将軍はサンマルカ要塞駐留軍の高級指揮官であり、この戦いにおいては三千の兵を指揮し、右翼部隊の中核を担《にな》っている。

そのオルモス将軍が叛旗を翻《ひるがえ》した。

それが、カマラサ以下諸将の心に重石を乗せる。

しばし誰も言葉を発することはなかった。

やがて、口火を切る一言を求めるかのように、誰からともなくカマラサへと視線が集まって行く。

「謀叛……だと……？」

カマラサはそれだけで精一杯だと言うように、黙り込んでしまう。

伝令兵は「詳しく話せ」と促されるのを待っていたのだろうが、このままでは埒《らち》が明かないと考えたのか、再び自ら口を開いた。

「オルモス将軍はウィルフレド派を名乗り、奸臣《かんしん》を除くと称し――」

「馬鹿な！」

しかし伝令兵の言葉は、狼狽《うろた》えきったカマラサの言葉に途中で遮《さえぎ》られてしまった。

「ウィルフレド派⁉　ウィルフレド派と名乗ったのか⁉」

「はい、自分たちはウィルフレド皇太子殿下に与する者だと……」

「では、行方不明だったウィルフレド殿下がオルモスの陣に現れたのか⁉」

「は？　いえ、ウィルフレド殿下が現れたとの情報はございませんが……」

「そんな馬鹿なことがあるか！」

武断派のオルモスは、元々事なかれ主義のカマラサとの相性は悪く、角を突き合わせることも少なくなかった。

若い兵のように軽率に口に出したりはしていないが、暗にウィルフレド派だと匂わせる発言もあったのだ。

問題はタイミングだ。

サンマルカ要塞軍が戦っているのが、ウィルフレド派に属する軍だというのならばわかる。だが、相手はウィルフレドとは縁《えん》もゆかりもない亜人族なのだ。

オルモスがこのタイミングでカマラサに叛旗を翻したとなれば、どこかにウィルフレドがいなければならない。

オルモスとて、仰《あお》ぐべき旗が見つかったからこそ、ウィルフレド派を名乗り造反したのだろう。

そうでなければ、何もわざわざ亜人たちと戦っている最中に叛乱を起こすことはない。ただ亜人を助けるだけになってしまうではないか。

しかし……。

ウィルフレドがいるのならば、それを前面に押し立ててこそ効果がある。

オルモスの造反を伝えた兵がそれを知らないということは、やはり本当にはウィルフレドはここにはいないのか。

オルモスがサンマルカ要塞とその駐留軍をカマラサから奪うために、ウィルフレドの名を利用しているだけなのか。

どちらだ。どちらなのだ。

「閣下、いかがいたしますか⁉」

幕僚から問われても、即座に答えなど出せるはずがなかった。

せめて、ウィルフレドがいるのかどうかだけでもわかれば……。

ウィルフレドがいないのならば、単に敵兵が三千増えただけ、と思えばいい。それでも一万七千対九千の戦いだ。充分に勝機はある。

だが、ウィルフレドがいるのならば、叛乱の兵は三千では済まないだろう。兵が彼によせる信頼や期待感は、カマラサの想像を絶するところがある。一体、どれほどの数が敵に回るかわかったものではない。

いや――。

それどころか、カマラサもこの場で彼に恭順するという道もあるのだ。

「閣下、ご決断を！」

幕僚に再び促され、カマラサは目の前に跪く伝令兵に視線をやった。

「戦場に、ウィルフレド殿下の姿は見られない。それは間違いないな」

「は。どこからもそのような報《しら》せは入っておりません」

「ならば、オルモスの勇み足《いさあし》だ。謀叛はもとより、己の野望成就のために殿下の名を使うこと、許すまじきことである。直《ただ》ちに鎮圧する！　本営部隊より四千を造反した部隊に差し向けよ！」

すかさずカマラサが命ずると、幕僚たちから動揺した声が上がる。

「しかし、閣下。それでは本営の守りが薄くなってしまいますが……」

「構わぬ。亜人《バズ》どもの足は止まり、徐々に包囲も完成されつつある。今、本営を空《あ》けたところで、何の危険があろうものか。むしろ、叛乱を鎮圧することこそ肝要だ」

送り込んだ四千の部隊で、速《すみ》やかにオルモスの叛乱部隊を鎮圧できれば、そのまま造反した右翼部隊の代わりとして亜人族の包囲に向かわせることもできる。

そこまでを素早く告げたカマラサに、幕僚たちはわずかに反応が遅れた。

つい先ほどまであれほど狼狽えていたカマラサが、唐突に人が変わりでもしたかのような果断な判断を下したのだから、幕僚たちの困惑《こんわく》も無理もない。

彼らは知る由《よし》もないことだが、かつてウィルフレドがカマラサに対して《場所と状況を与えてやれば、目を瞠《みは》るような働きをするかもしれない》という評価をしていたことがあった。

その《場所と状況》がまさに今この時であった、ということなのかもしれない。

「どうした、早くせよ！」

「「ははっ」」


しばし、状況が停滞した。

時折、やってくる伝令兵により各地の情報は手に入るが、どこも大きな動きはない。中央部隊は亜人族の前衛と、左翼部隊は後衛とそれぞれ一進一退の攻防を繰り広げているようだ。

本来ならば、更に右翼部隊が加わり、亜人族を完全に包囲しているところだが、オルモスの謀叛により、今はそれを望めない。

だが、そのオルモスの叛乱軍と本営から送り込んだ部隊とが激突すれば、それを機に状況は変わるだろう。

今のところオルモスに追従《ついじゅう》するものはさほど出てはいないようだが、本営部隊と激突した時、オルモス側が優勢だとなれば、掌《てのひら》を返す者はいくらでも出る。

なにしろ、サンマルカ要塞駐留軍の大半は、ウィルフレドに対して好意的な印象を抱いている。

いわば、《潜在的ウィルフレド派》なのだ。

いや……潜在的、などと注釈をつけてよいのであれば、カマラサとてウィルフレド派を標榜してもよいくらいだった。

「……ウィルフレド殿下は毒だな」

「ど、毒……でございますか……」

カマラサは独り言のつもりで呟いた一言だったが、幕僚のひとりに聞かれてしまっていた。とは言え、公《おおやけ》には既にウィルフレドは皇太子でも皇子でもなく、不敬罪を気にする必要もない。

だから。

「薬でもある」

と言い直したのは、罪に問われることを恐れてのことではない。

「酒、と言ったほうがわかりやすいかもしれん。それも極上の美酒だ。あの方の才覚に触れると、みなそれに酔うのだ。呑《の》めば美味《うま》く、薬にもなるが、過ぎれば毒となる。思えば、あの方が皇太子位を追われ、帝位につかずじまいだったのは、アルガントにとってよいことなのかもしれんな」

カマラサは小さくため息をつくと、遠くを見つめる目つきとなった。

「あの方が皇帝になれば、アルガント帝国は滅ぶだろう」

その宣告を聞いた幕僚は、驚いた様子で目を瞬《しばたた》かせる。

「さ、左様でしょうか？　あまり大きな声では言えませぬが、もしウィルフレド殿下が戴冠《たいかん》しておられれば、帝国は更なる繁栄を約束されただろうと、考える者も少なくはないと思われますが……」

小声で告げる幕僚に、カマラサは苦笑を浮かべた。どうやら、この幕僚も《潜在的ウィルフレド派》であったらしい。

「おぬしの言うことは間違っておらん。ウィルフレド殿下が至上の冠《かんむり》を戴けば、十年、二十年後には、アルガント帝国は建国以来最大の発展を遂げるだろう。だが、百年後にはアルガント帝国は世界の地図から消えていることだろうよ」

「……は？」

「ウィルフレド殿下は統治者として完璧《かんぺき》すぎる。あの方の統治する帝国は、ただひとつの才能にぶら下がるだけの国家と成り果て、やがてあの方が亡くなられた後、帝国は四分五裂し、滅亡への道を辿《たど》ることだろう」

傍らの幕僚がごくり、と息を呑む音がカマラサの耳にも届いた。

「その、ウィルフレド殿下ですが……今、どこにいるものなのでしょうか」

「さて……な」

行方不明となったウィルフレドについて、本国ではかなり大規模な捜索隊が結成されているようだが、辺境のサンマルカ要塞に入ってくる情報はあまりに少ない。

それでも、断片的な情報から推測するに、どうやら海を渡った可能性が高いようだった。

確実に知れているのはヒスパリスまでの足取りだが、その後、東の港町フォルメンテでウィルフレドらしき人物が目撃されている。

フォルメンテで船を調達したことまでは確かなようだが、その後の足取りが一向につかめない。

逆に言えば、この南大陸にいることも充分に考えられるのだ。

だからこそ、さきほどオルモス謀叛の報を聞いた時、ウィルフレドが戦陣に現れたのかと疑ったのである。

「だが……オルモスがその存在を明かしていないということは、少なくともこの戦場にはおらぬだろう」

「ですが、いずこかにウィルフレド殿下が隠れている……あるいは、オルモス将軍が意図的に秘匿《ひとく》している可能性もございますが……」

「ウィルフレド殿下は自分の価値を正確に把握《はあく》している。このような時にどこかに隠れていても益はない。あの方に限ってそのような真似はなさるまい」

カマラサには前回の戦いの記憶も新しい。

あの時、ウィルフレドは己の身を囮《おとり》として扱ったほどだ。

今、戦場にウィルフレドが立てば、彼の下に参じる兵は百や二百では済まないだろう。

身を晒すだけで数千の味方が得られるとわかっていて、命惜しさに隠れているなど、ウィルフレドの遣りようではない。

カマラサのウィルフレドへの人物評は正しく、推測も決して間違ってはいない。

この戦いにおいて、自分は身を隠しながらオルモスを操りカマラサを討伐《とうばつ》させる、などという非効率的なことをウィルフレドはしなかっただろう。

ただ、カマラサの推測にはあるひとつの観点が抜けていたのだ。

それをまだ、本人は気づいていなかった。


「閣下！　一大事でございます、閣下！」

伝令の兵が本営へと駆け寄ってきた。

先ほどより戦場の様子を知るために兵を走らせている。そのため、カマラサのところへは伝令兵が出たり入ったりするようになっていたのだが、今度の兵は些か様子が異なった。

まず、数が多い。これまでの伝令は最大でも五人ほどの小隊であったが、一大事だと声を上げる兵に続くのは、五十人ほどの部隊であった。だが、指揮官らしき者は見当たらない。本営に辿り着くまでの間に、指揮官を失ってしまったのだろうか。

なによりの違いは、先頭を走る伝令兵の声の緊迫さであった。

それは、最初に本営に飛び込んで、オルモスの謀叛を伝えた伝令兵に勝《まさ》るとも劣らない緊張感を伴っていた。

先刻より近衛の兵に「伝令兵は通せ」とカマラサが告げていたために、その伝令兵は行動を咎められることもなく、カマラサの下へ参じた。

「ご報告いたします、閣下」

「何があった、申してみよ」

足元に跪く伝令兵を見下ろし、報告を促すカマラサには、これぞまさに将軍とばかりの威厳と鷹揚《おうよう》さがあった。

だが、残念なことに、その余裕は続く伝令兵の一言によって、粉々に打ち砕かれることになってしまった。

「――ウィルフレドが現れました」

「な……っ」

カマラサは絶句し、しばし声も出せなくなるほどだった。

「た、確か……なのか？」

「はい。後ろに控える五十名ことごとくが確認しております」

「ば……馬鹿な……」

あわやのところで気を失いそうになるほどの衝撃であった。

だが、当然ではあるが呑気に気を失っている暇などない。早く対処せねば致命傷となる。

激しく首を振り、再び足元の伝令兵を見下ろした。

「ど、どこにだっ、どこに現れたのだ！」

「それは――」

と言うなり、その伝令兵は唐突に立ち上がった。

俯《うつむ》き加減の顔は目深に被《かぶ》った兜《かぶと》に隠されよくは見えないが、口元には笑みが浮かんでいた。

「……？」

訝《いぶか》しむカマラサの目の前で、伝令兵は兜を脱ぎ捨てたのだった。

「それはここだよ、カマラサ卿」

*

結束軍本隊より離れて五日。ウィルフレドは、その時間を可能な限りの情報収集と工作に費やしていた。

種ごとの差はあるが、亜人種は一様に人間に比べ身体能力が高い。

その中でも、ウィルフレドが特に注目したのが、《峰に立つ牙》の民の聴覚と嗅覚の鋭さだった。

彼らの狼《おおかみ》に似た耳はただの飾りではなく、人間を遥《はる》かに凌《しの》ぐ聴力を持ち、その鼻も細かな臭いを嗅《か》ぎわけてみせる。

特に驚きなのが、彼らは臭いで空間把握までしているところだった。自分の周囲にある数多《あまた》の微細な臭いを嗅ぎ分け、それを三次元的に認識している。

簡単に言えば、人間の目と同等の機能を持った鼻ということである。

それらを踏まえ彼らの戦術的利用を考えた場合、その圧倒的な夜戦能力に気付かぬわけにはいかない。

聴覚や嗅覚に視力と同等の空間認識があるのなら、闇夜《やみよ》でも昼間と遜色《そんしょく》ない働きを期待できるというわけだ。

この能力に目を付けたウィルフレドが、《峰に立つ牙》の民と共にテペウの集落を出発し最初に行ったことは、一言で言うならば《拉致《らち》》であった。

夜半過ぎ、こっそりとアルガント軍の部隊に近づき、小用などで隊を離れたひとりかふたりを連れ去ってくる。

目的は、兵の身に着ける《兵装》だった。

アルガント兵は特殊な部隊にでも属していない限り、全員同じ兵装を与えられている。

皮革の札《さね》を繋《つな》ぎ合わせて作った、膝丈《ひざたけ》ほどまである貫頭衣《かんとうい》状の鎧《よろい》。頭をすっぽりと覆うやはり革製の兜。それから小手《こて》と脛当《すねあ》て。

それを奪うのが、拉致の目的だった。

「しかし……大丈夫なのか？　いきなり五十人もいなくなれば、ニンゲンたちだって気づくだろう」

「いきなりじゃあないから、大丈夫さ」

不安げに訊ねてくるククルに、ウィルフレドは気安く請け負った。

「ひとつの部隊から五十人がいなくなれば大事だけど、兵士がひとりふたり突然いなくなってしまうのはよくあることだよ」

特に、故郷から遠く離れた侵攻戦では多いのだ。

戦いを恐れる、郷里《きょうり》を恋しがるなどで兵が脱走することもあるし、土地勘のない場所で隊から離れたせいで道に迷って戻ってこられなくなるとか、滅多にはないが野生生物に襲われることなどもある。

隊の兵がひとりやふたりいなくなったところで、同僚の兵はともかく指揮官は気にしたりしないのだ。

一隊からひとり、十部隊から十人。それを五回繰り返せば、五十人分のアルガント兵の兵装が手に入るというわけだ。

わざわざこんな真似をしたのは、アルガントの鎧兜で武装するため……などでは、もちろんない。

アルガント兵に変装し、こっそりと部隊に紛れ込むためだった。

幸い、《峰に立つ牙》の民は耳と尾を隠せれば、遠目には人間に見える。アルガント兵の格好をしていれば、すぐさま亜人とばれることもないだろう。

とは言え、よくよく観察されれば、やはり正体がばれる危険性は高い。

そのため、直接アルガント軍に潜入するのは、生粋《きっすい》の人間であるウィルフレドとククルのふたりの役目である。

そうしてアルガント軍に潜入したウィルフレドは、まず積極的に情報収集に励《はげ》んだ。

特に、どこにどの部隊が配置されているのかの情報は重要だ。

ほんの二箇月《ふたつき》前まで自分の指揮下にあった軍隊である。どの部隊がどんな指揮官に率いられているのか、その性格性質まで把握していた。

部隊の配置がわかれば、いろいろな事実が見えてくる。

その上で、次に行ったのが、噂《うわさ》の流布《るふ》だ。

野営時など部隊の統率が緩《ゆる》み、猥雑《わいざつ》となるタイミングを狙《ねら》って、ひとりやふたりの少人数でいる兵などに近づき、こう囁《ささや》いたのだ。

「なあ、今そこで変な話を耳にしたんだけど……亜人の攻撃に便乗して、《ウィルフレド派》が叛乱を目論《もくろ》んでるって本当か？」

ていた。

もちろん、「絶対に誰にも言うなよ」と言うことも忘れない。

ウィルフレドは、この時期にカマラサが出兵しなくてはならない理由を正確に把握していた。

カマラサは、自分がウィルフレド派ではないことを本国のレオノール派に証明すると同時に、サンマルカ要塞内に残るウィルフレドに好感を抱いている者の意識改革を考えているのだろう。

元々、サンマルカ要塞内には、本国へ不満を持つ者も多い。

無理もないことだ。帝都から遥か遠く離れた辺境の地、周囲には荒野と岩山の広がるだけの不毛な地で、恐ろしい亜人との戦いを余儀なくされているのだから。

将の中には、サンマルカ要塞に派遣されたことを《左遷《させん》》ととらえている者もいる。兵にしてみれば、もはや《流刑《るけい》》に近い感覚なのではないだろうか。

不満は本国に——特に帝都で豪奢《ごうしゃ》な生活をする上層部へと向かう。無論、それは今のアルガントで言えば、レオノール派のことだ。

レオノール派への不満は、それに対する者への期待としてあらわれる。サンマルカ要塞内にウィルフレド派が蔓延《まんえん》するのは、自然の摂理とすら言っていい。

ただし、当のウィルフレドは偽嫡《ぎちゃく》として皇太子位を追われ、行方不明となっている。

そのことがどのような影響を与えているのかがウィルフレドの不安点ではあった。

カマラサが出兵を決めた以上、潜在的なウィルフレド派の気持ちの高まりを、カマラサが無視できない程度には、要塞内にウィルフレド派がいると予測していた。

だが、その予測を上回るほどに、サンマルカ要塞軍の中にはウィルフレドに期待する声が大きかったのだった。

どうも、行方不明となったことが良い方向に出たようだ。

「いつか自分たちの前に現れ、救ってくれる」という、いわば《救世主伝説》のような形となって広まっているようなのだ。

自分への賛辞や期待を次々と耳にして照れくさくもなるウィルフレドだったが、こうまでなると嬉しいというより呆れてしまう。

仮に要塞全体がウィルフレド派となったら、本国からの補給を断たれ要塞は壊滅する。

これればかりは、たとえウィルフレドが要塞にいようともどうにもならないことだ。そのことに目を向けず「ウィルフレドがいれば」「殿下がいれば」と口にするだけの者たちは現実が見えていないとしか言いようがない。

ただの一兵卒ならばまだしも、中級以上の指揮官でもそんなことを口にしている輩《やから》がいるのだから、夢見がちで済ませられる話ではない。

「やれやれ。これでは、カマラサの苦労が思いやられるな……」

残念ながらウィルフレドは神でもなければ、もちろん救世主でもない。

自分の命を守るだけで精一杯のただの人間だ。

生き残るためには、自分を崇拝《すうはい》する人々を罠《わな》にかけて結果的に殺すことも辞さない、救世主とは真逆のタイプの人間だった。

ともかく、《敵》にこのような間隙《かんげき》があるのならば、そこを突くのが常道だ。

ウィルフレドは戦場を飛び回り、様々な部隊に潜入して、噂を撒《ま》き続けた。

シュムカががんばって時間を稼いでくれたおかげで、仕込みをする時間は充分にとれた。

そして、五日が経《た》った朝。

フ・ボホル結束軍に動きが見られ、いよいよ攻撃を開始することが確信された。

ウィルフレドはチトリを伝令役としてシュムカの元へ向かわせ——チトリを説得するのにかなり手間取ったが——行動の準備に入ったのだった。

「さ、いよいよ本番だ」

「やっとか、待ちくたびれたよ」

憮然《ぶぜん》として言うのはキヤロだ。

彼女に限らず、《峰に立つ牙》の民はアルガント兵に正体がばれる危険性があるため、この五日の間、ほぼ待機してばかりだった。多少の不満も出るだろう。

「今日は、君たちが主役さ。ただ、一応注意しておくけど、攻撃も撤退も進路もすべて私の言う通りに動いてほしい」

「わかっている、みなまで言うな。一度信じると言ったのだ、それを覆《くつがえ》すような真似を誇り高き《峰に立つ牙》の民はせぬ」

「あたしは信じるとは言ってないけどな」

ククルの肩肘《かたひじ》張った言葉に続き、間髪を入れずにキヤロが混ぜ返す。その絶妙なタイミングに周りの牙の民たちの頬が緩んだのだった。


ウィルフレド率いる牙の民が行動を開始したのは、フ・ボホル結束軍の前衛部隊がアルガント軍と激突してしばらく経ってからのことだった。

それほどの時間ではなかったはずだが、実際に戦闘が始まってしまうと黙って見ているだけなのは難しいらしい。

キヤロからは十回以上、ククルからも三回は「まだか？」と問われた時になり、ウィルフレドは号令をかけた。

「行くぞ、私に続け！」

ウィルフレド以下、牙の民は、右翼部隊の先端付近に展開する一隊に、更に外側から攻撃を仕掛けた。

たった五十人の集団ではあったが、アルガント軍の右翼部隊は、今まさに《椀》の内側に突撃を仕掛けたフ・ボホル結束軍を包囲しようと動き始めたところだった。まさかこのタイミングで外側から攻撃を受けるとは思っていない。

ましてて、攻撃を仕掛けて来たのは、友軍――に見える、アルガント兵の姿をした者たち――だったのだ。

当然、部隊は混乱に陥り、そこをウィルフレドの叫びが貫く。

「我々はウィルフレド派だ！」

その一言で、アルガント兵の混乱に、わずかな納得が付け加えられた。

兵たちはみな思ったのだ。

「ああ、やっぱり始まったのか」

――と。

ウィルフレドは一言では終わらなかった。

「我々はウィルフレド殿下に与する者である！　奸臣を除き、正統なる主《あるじ》の到来を期する者である！」

そう叫びながら、戦場を駆ける。

牙の民たちには、無理に人間を攻撃しないよう言い含めている。

極力、戦闘を避け、できるだけ多くの部隊への突入と突破を繰り返す。それがウィルフレドの指示だった。

そのため、アルガント軍への攻撃らしい攻撃は、突撃の際の最初の一撃のみで、部隊には大きな被害は出ていないはずだった。

にも拘わらず、ウィルフレドたち牙の民への反撃はほぼなかった。それどころか、部隊の中央を突破しようとしている五十人に道を開けようとする者まで出て来ていた。兵たちも動揺しているのだ。自分たちの去就《きょしゅう》をどうするべきか、迷ってしまっている。

ウィルフレドの経験上、このような時の兵に判断力はほとんどない。指揮官が「右」と言えば右を向くし、「左」と言えば左を向く。だから、指揮官次第ですぐにでも対応力を取り戻せたはずなのだ。

だが、この時は、その肝心《かんじん》の指揮官さえ迷っていたのである。

これでは、部隊が戦力として機能しないのも当たり前だ。

ほぼ抵抗なく一部隊を突破したウィルフレドたちは、すぐさま次の一隊へ進路を向けた。

そこからは、先程の時間が繰り返されているのではないかと疑うほど、まったく同じことが起きた。

アルガント兵は友軍の突撃に混乱し、「ウィルフレド派」の一言にわずかな納得と大きな動揺《どうよう》を示し、明確な指示を与えられぬまま、ウィルフレドたちの離脱を許す。

それから、これを二度繰り返した時のことだった。

ウィルフレドたちが四度目の突入と突破に成功した時、後方から——即ち、たった今突破してきた部隊から——声があがったのだ。

「我らもウィルフレド派として奸臣を除くぞ！」

その声を耳にした瞬間、ウィルフレドは知らずの内に手を拍《う》っていた。

「よしっ！　釣れたぞ！」

ウィルフレドは喜色満面で後ろに続く牙の民たちを振り返ると、号令をかけた。

「みんな！　第二段階へ移行するよ！」

第二段階、と言ったところで大きく何が変わるわけでもない。

適当な部隊を見つけ、そこへ向かい駆ける。

異なるのは、アルガントの部隊に突入するのではなく、その脇を駆け抜けていくことと、そして——。

「ウィルフレド派が叛乱を起こしたぞ！」

と叫ぶことである。

つまり、この瞬間からウィルフレドたちは《ウィルフレド派を自称し、アルガント軍に攻撃を仕掛ける叛乱軍》ではなく、《ウィルフレド派に襲われ、逃《に》げ惑《まど》うアルガント軍》へと変貌《へんぼう》したのだ。

逃げるウィルフレドたちと、それを追う（本人たちにそのつもりはないのだろうが）本当のウィルフレド派により戦場はさらに混乱し、ウィルフレド派に追従するものも増えて行った。

戦場を駆けまわり、掻《か》きまわしたウィルフレドたち五十名は、頃合いを見計らって混乱の極みに達するアルガント軍右翼部隊から距離を取った。

これで、第二段階も終了だ。

ここまで、《峰に立つ牙》の民にひとりの被害も出ていない。ほとんど戦闘を行っていないのだから当たり前でもあるが、その事実にウィルフレドは人並みに安堵していた。

ウィルフレドは、幼い頃から将軍に育てられ、長じて戦場に立つようになってからは最低でも数千の指揮を預かるところから始まった。

そのため、戦場においては、人というものをどこか数でしか認識できないところがあったのだ。

だが、今、牙の民が全員生き残っていることに、「兵の損耗《そんもう》を防げた」以上の安堵感を覚えていたのだった。

とは言え、この先最後まで同じ安堵を得られ続けるとは思っていなかった。

「……さあて、本当の勝負はここからだ」

戦場から充分に距離を取り、牙の民約五十名をアルガント兵から見つからぬ位置に伏せさせると、ウィルフレドはアルガント軍右翼部隊を睨《にら》みつけ――。

じっとその時を待った。

ウィルフレドの策が、単に戦場にちょっとした混乱をもたらしただけで終わるか、戦局を大きく変えるか、これから決まるのだ。

そして――それは起こった。

「動いたかっ！」

ウィルフレドは叫び、思わず立ち上がっていた。

彼の視界の中で、アルガント軍右翼部隊の大半が北上を開始したのだ。その彼らが狙うのは、アルガント軍中央部隊とカマラサの座す本営だ。

右翼部隊の指揮を執《と》るオルモスが、《ウィルフレド派》となってカマラサに叛旗を翻したのだ。

「よしよし、よくやってくれたよ、オルモス卿《きよう》……」

オルモスがカマラサを裏切る可能性は低くないとウィルフレドは考えていた。

オルモスは、自己顕示欲が強く、他人の後塵《こうじん》を拝することが我慢ならない、というような人物であった。

そういう扱いづらい人物であるから、サンマルカ要塞などに《島流し》にあっているのだが、改善される素振りはまるでなかった。

だからこそウィルフレドはオルモスに期待していたのだ。

ウィルフレド派が叛乱を起こしたと聞いた時、オルモスが鎮圧を選んだとしても今まで通りカマラサの部下であることに変わりはない。しかし、自らがウィルフレド派として起《た》てば、サンマルカ要塞内の中でトップに立てる可能性は高い。

オルモスならばそう考えるだろうと、《期待》していたのだ。

いや。半ば以上、確信していたと言ってもいい。

が、実際に動き出す様子を見るまでは、気が気でなかったのも確かだ。

ウィルフレドの口から安堵の吐息《といき》が漏れるが、視線は戦場の動きを捕らえ続け、わずかな変化も見逃さなかった。

「もう本営部隊が動き出している⁉　やるじゃあないか、カマラサ……！」

ウィルフレドの漏らした小さな舌打ちを、隣にいたククルは聞き逃さなかったようだ。

「どうした？　何かまずいことでも起きたのか？」

「叛乱を起こした部隊の鎮圧に、敵の本営部隊が差し向けられたんだ。当然そうなるだろうと予測してはいたが、予想より反応がかなり早い」

叛乱の鎮圧に部隊を送るべきか、またどこの部隊を送るのか、その数をいくつにするのか、カマラサはそれらの判断にかなりの時間を要するのではと、ウィルフレドは考えていたのだが、ここにきてカマラサは最善の判断を下したようだ。

(私がカマラサを見縊《みくび》りすぎていたのか、それともこの危機に際して眠っていた将器が目覚めたのか……)

どうせ目覚めるならもっと早く——自分がサンマルカ要塞にいる頃に目覚めてくれればよかったのにと思うウィルフレドだったが、同時に自分が傍《そば》にいてはカマラサは凡愚《ぼんぐ》な将のままだっただろうとも思う。

「……一から十まですべて思い通りとはいかないようだ。もう少し戦場がごちゃごちゃしてくれるのを期待したのだけど、敵将の迅速《じんそく》な判断でそれも難しそうだ」

「今更、弱音など聞きたくないぞ」

「弱音? まさか。私は敵同士が食い合って自滅してくれれば一番楽だと思っていただけさ。さすがに敵もそこまで馬鹿じゃあないってだけで、むしろ君たちにとってはこの方がよかったんじゃあないかな」

「よかった? どういうことだ?」

そのククルの質問には直接答えることはせず、ウィルフレドは牙の民を振り返ると、朗らかに語りかけた。

「さあ、みんな。敵総司令カマラサ将軍の首を獲《と》りに行こうか」

ちょっとそこまで散歩に、とでも言うような気軽な調子でウィルフレドが言うものだから、訊ねたククルも一瞬、何を言われたのかわからない様子だった。

だが、彼の言葉の意味が理解できると同時に目を剝《む》いた。

「そ、そこは数千からのニンゲンに守られているところだろう⁉」

「見ての通り、そこを守っている部隊は、叛乱した右翼部隊に向かっているよ」

「それが敵本隊のすべてのわけではないだろう？」

「もちろんすべてではないだろうが、かなりの数なのは間違いない。鎮圧部隊の派遣をこうも即決しているんだ。その判断の早さなら《とりあえず様子見に千》みたいな馬鹿な真似はしない。確実に叛乱を鎮圧できるだけの数、そうだね三……いや四千は動いているだろう」

「だが、今動いているのは、本当に敵の本隊なのか？　別の部隊ということも……」

「それはない」

ウィルフレドはきっぱりと断言した。

少なくとも今のカマラサは愚将ではない。この戦いを見続け、ウィルフレドはそう判断していた。

だからこそウィルフレドにはカマラサの采配《さいはい》が手に取るようにわかる。

「今、戦場で浮いているのは、カマラサが直率する本営部隊だけだ。オルモスを放置するわけにはいかないし、そのために他の部隊を使ってはフ・ボホル結束軍の攻撃に耐えられない。まともな指揮官なら本営からオルモスの鎮圧部隊を派遣する」

「本当にお前は、見てきたように未来の話をするな」

感心よりは呆れ交じりの吐息と共にククルが感想を漏らす。

「だが……お前の言うことを聞いていると、確かに勝てそうに思えてくるから不思議だ」

「勝てそう？　馬鹿を言っちゃ困るよ、ククル」

くくくっと、ウィルフレドは肩を揺らして笑った。

「勝てそうじゃあない。我々は――」

仮にカマラサがまともな判断をせず、本営部隊をオルモスに向けなかった場合、オルモスの叛乱軍の方が本営に向かうだろう。

中央や左翼の部隊をオルモスに向けた場合、フ・ボホル結束軍の攻撃を受けきれなくなり、堰《せき》を切ったように本営に結束軍がなだれ込むことになる。

いずれにしろ、カマラサに先はない。

カマラサが最善の判断をした場合。つまり、本営部隊によってオルモスを沈黙させ、その部隊を使ってフ・ボホルの包囲を完成させると、結束軍は非常に困難な立場に立たされる。

それを阻む一手が、手薄になった本営へ突入し、カマラサの首を獲ることであった。

ウィルフレドに言わせれば、もうカマラサの未来は変わらない。

つまり――。

「我々は、既に勝っているのさ」

＊

「それはここだよ、カマラサ卿」

アルガント軍の伝令兵に変装し、本営部隊——それもカマラサの目の前まで首尾よく潜入したウィルフレドがその正体を明かすと、カマラサは驚きのあまり身動きがとれなくなってしまったようだ。

「う、ウィルフレド殿下……ほ、本当に……？」

ようやくのことでそれだけを呟く。

後は、眦《まなじり》が裂けんばかりに見開いた目で、ただただウィルフレドの姿を眺めるばかりだった。

ウィルフレドのこの芝居がかった登場は、もちろん劇的な効果を狙ってのことだが、さすがに少々、薬が効きすぎたようだ。

「再会を祝したいところだが、残念ながら時間がない」

カマラサが我に返るのを待っていたら、いつになるのかわかったものではない。ウィルフレドは単刀直入に用件を口にした。

「カマラサ卿、降伏する気はないか？」

ウィルフレドの一言は、一瞬にしてカマラサを我に返らせた。

「……降伏、と仰《おっしゃ》いましたか殿下？」

しかし、それだけではない。カマラサは、我に返ると同時に変貌を遂げたのだ。ウィルフレドのよく知る《呑気な軍監》から、《冷静な将軍》へと。

冷めた目でウィルフレドを見つめるその顔が、それを物語っていた。

「お伺《うかが》いいたしますが、一体誰に……いや、《何》に降伏せよと仰るのですかな？　アルガント帝国の皇太子ウィルフレド殿下にか、国を追われ復讐と再起を図る名将ウィルフレドにか、それとも――」

言葉を連ねながらカマラサは視線をウィルフレドの背後に向ける。そこに跪く五十名のほとんどが人間ではないと既に見抜いている様子だ。

この瞬間、ウィルフレドは自分の考え違いを悟らざるを得なかった。

ウィルフレドの知るカマラサならば、牙の民の変装に気付くような観察眼は持ち合わせていないはずだ。人物評を改めねばならないようだ。

「気づいているようだから、今更隠しても仕方がないね。君の言い方を借りるなら……そう、《亜人族の用心棒》であるこの私に降伏して欲しい」

「論外」

にべもない一言だった。

「あなたがレオノール派打倒の旗印《はたじるし》として起つから協力しろというのならばまだしも、亜人《バズ》どもに降《くだ》ったとして、我らにどのような益があるというのです。亜人《バズ》どもが我らに向ける憎悪がわからぬほど愚かではございませぬ」

「捕虜になれとは言わない。負けを認め、軍を引いてくれるだけでいい」

「同じこと。ここで亜人《バズ》どもに負けたとなれば、サンマルカ要塞軍尽《ことごと》くが異郷の地で果てるのも時間の問題でしょう」

カマラサの声に感情的なところはない。数万の兵を預かる指揮官として、先を推測しての一言だった。

カマラサの言うことは正しい。ここで実績と帝国への貢献《こうけん》を示さねば、サンマルカ要塞は本国から切り捨てられる可能性がある。

元々、ディエゴ帝が病臥《びょうが》した二年前から、サンマルカ要塞は帝国にとって《無駄飯喰らい》でしかなかった。宰相あたりが「補給を停止する」と一言言えば、それだけでサンマルカ要塞の命運は決まるのだ。

これまでは様々な事情から補給が続けられていたが、おそらく今、本国は混乱しているはずだ。《国家の非常時》を盾に、無駄飯喰らいを切り捨てることも充分にあり得た。

だが、サンマルカ要塞が切り捨てられても、カマラサたち高官だけは本国に帰還できる。中級指揮官の誰かを要塞指令として人身御供《ひとみごくう》にして、自分たちだけ本国へ戻ることもできるはずだ。それが高官というものだった。

もちろん、その後の立身は絶望的となるだろうが、すくなくとも異郷に屍を晒すことだけはなくなる。

カマラサはこの提案に心を動かされる——と直前までウィルフレドは思っていたが、いつの間にかカマラサはその程度の指揮官ではなくなってしまったようだ。

「変わったな、カマラサ卿。私が知る貴公なら、一も二もなく私の提案に乗っていただろうに」

「そうかもしれませんな。お恥ずかしながら、今更ながらにサンマルカ要塞や駐留軍への愛着《あいちゃく》というものが小官の中にも湧《わ》いてきたようです。それを守るためにも、殿下の提案を受け入れるわけには参りませぬな」

「そういう貴公ならばこそ改めて頼みたい。貴公にもこの地で亜人と戦う無益さは充分わかっているだろう。それは亜人の側とて同じだ。ならば、互いに手を組み共に生きる未来があってもいいはずじゃあないか」

「それは夢物語というものですよ、殿下。この不毛の地で《共に生きる》とは、即ち《共に苦しむ》ということです。それがわからぬとは、所詮あなたも王族ということですかな」

「なかなかに耳が痛いな。だが、だとすればどうする？　現実にこの地で生きる者たちはいるのだぞ。彼らに永劫《えいごう》の苦しみを味わえとでも言うのか？　貴公とて同じだ。この先苦しみを味わい続けて生きると言うのか？」

「知れたこと。苦しまぬためには、ただ一つ——殺すか、殺されるか」

「そうか、それは残念だ……」

言葉と共に、ウィルフレドの表情からふっと感情が消えた。

刹那《せつな》。

「敵将の首を獲れ！」

「この者たちは敵だ！　殲滅せよ！」

ウィルフレドとカマラサの号令はまったくの同時だった。

この瞬間に限れば、ウィルフレドとカマラサのどちらが優れていたということはない。

この時、カマラサはウィルフレドと同等レベルの指揮官であったとさえ言える。

だが、命令を受ける側の反応が段違いだった。

「——伏せろっ！」

その声は、ウィルフレドの号令にほぼ重なるようにして放たれた。

それが誰の声なのかを認識するよりも早く、ウィルフレドは地面に身を伏せる。

誰のものでも構わなかった。ウィルフレドを信じここまで来てくれた《峰に立つ牙》

の民の言葉ならば、従うに値する――。

実際には、そのようなことを考える暇《いとま》さえもなかったが、言語化すればそうなるだろうか。

結果的に、ウィルフレドのその判断が、戦いに決着をつけた。

伏せたウィルフレドの頭の上を風が走る。

次の瞬間、顔を上げたウィルフレドが目にしたものは、ゆっくりと倒れていこうとするカマラサの体と、その背後に悠然と立つククルの姿。

そして――宙を舞うカマラサの首であった。

終章

「よく来てくれたマルセリナ卿《きょう》。楽にしてくれ」

アルガント帝国帝都ソルサリエンテ。兵部庁舎の一室でのことである。

マルセリナはこの部屋に入った時から……いや、ここに来るよう命じられた時から、ずっと心臓が早鐘《はやがね》のように鼓動《こどう》を打ち鳴らしていた。

緊張するなという方が無理な話だ。

この部屋は兵部庁舎のただの一室というわけではなく、兵部の長の執務室であった。

当然、そこに座すのは兵部卿そのひとだ。

兵部は帝国の軍事を司《つかさど》る行政機関であり、そのトップたる兵部卿は、すなわち軍事における最高責任者ということになる。

だが、マルセリナが緊張していたのは、必ずしも兵部卿だからというわけではない。

つい先ごろ、兵部卿に任命された人物こそが問題だったのだ。

その人物は、長いアルガントの歴史の中でも、史上最年少の兵部卿であった。

そしておそらく――。

（史上最も美しい兵部卿で間違いないでしょうね……）

その姿を目前にし、改めて息を呑《の》む思いのマルセリナだった。

長身痩軀《ちょうしんそうく》の青年ではある。

だが、女性と見紛《みまが》うばかりの美貌《びぼう》とはまさにこのことだった。

切れ長の目、筋の通った鼻、白磁《はくじ》のような肌。そのすべてが、人に美とはなんたるかを教えているかのようであった。

それと同時に、人は彼に抑えようのない違和感――いや、異物感を覚えるだろう。

色という色が抜け落ちたような白髪がそうさせるのか、感情の籠《こ》もらない瞳がそう思わせるのか、《人であって人でない》ような化け物じみたものを感じさせるのだ。

グラウディオ・デ・ラストリア。

それがこの青年の名であった。

彼の生まれは極めて複雑であり、世が世なら一国の玉座についていてもおかしくはないほどの人物である。

――が、同時に、本来なら生きているはずのない人物でもあった。

グラウディオは、十五年前にディエゴ帝が攻め滅ぼしたラストリア王国の最後の国王の息子《むすこ》——即《すなわ》ち王子である。

戦勝国にとって、滅亡させた王国の王族は混乱と騒動の種であり、本質的には殺してしまった方がいい存在だ。ましてやそれが後継《こうけい》となりうる男子となれば尚更《なおさら》だった。

にも拘《かか》わらず、このグラウディオが今日までその生を享受《きょうじゅ》できているのは、偏《ひとえ》に母親の存在であった。

そう。

彼の生母にしてラストリア最後の王妃とは、即ちレオノールのことである。

レオノールがディエゴ帝への服従にグラウディオの生命の保証を条件として出したとも、ディエゴ帝がレオノールを屈服させるためグラウディオを人質としたとも言われているが、その両名とも真相については口を閉ざしたままだ。

だが、どちらが望んだことにせよ、亡国の王子を理由もなく生かしておくことに批判が集まらぬわけはなかった。

そこで持ち出されたのが、グラウディオを王子ではなくしてしまう案だった。

《偽嫡《ぎちゃく》》と、そう言われたのだ。

グラウディオは、レオノールといずこかの名も知れぬ男との子であり、代々のラストリア王家に連なる者ではないとされたのだった。

（……ウィルフレド殿下が《偽嫡》として国を追われ命を狙《ねら》われることになった一方で、この人のように《偽嫡》となったことで命を奪われずに済んだ者もいる……か）

運命というものの皮肉さを感じずにはいられないマルセリナであった。

「お召しにより参上いたしました。グラウディオ兵部卿閣下《かっか》。わたしのような者に何か御用でしょうか？」

「無論だ。私は、話をしたいというだけの理由で危険な捕虜《ほりょ》と二人きりになるようなこその酔狂者《すいきょうもの》ではないからな」

ヒスパリスの総督府での、ウィルフレドと獣姫《けものひめ》との一件のことだろう。誰《だれ》かに伝わるような話ではなかったはずなのに、すっかりと筒抜けになっている。油断ならない人物だ。

帝国軍部内にもグラウディオの栄達を快《こころよ》く思わないものは多い。母の七光との声は消えることはなく、その美貌を上官に売っていたのだ、などと下劣な噂《うわさ》を聞くこともある。だが、グラウディオがただそれだけの人物であるかと問われれば、誰もが首を横に振るか口を閉ざすかだろう。

皇帝ディエゴが病臥《びょうが》してより二年。堰《せき》を切ったように各地で叛乱《はんらん》が起こり、外敵が侵入した。その状況下にあって帝国を支えていた一人は、もちろん皇太子ウィルフレドである。そしてもう一人を選ぶのならば、間違いなくこのグラウディオだ。

彼の指揮によって撃退された敵国軍や鎮圧された叛乱は数多く、その実績はウィルフレドと比較しても決して劣るものではなかった。

国外からの評価もそれを裏付けている。

〝アルガントの黒狐《くろぎつね》〟と評されたウィルフレドに対し、グラウディオは〝白狗《しろいぬ》〟と渾名《あだな》されているのであった。

レオノール派の諸侯が、この動乱期に抜群の軍事的才覚をみせたウィルフレドの排除に踏み切れた一因は、グラウディオの存在にあると見て間違いない。

それだけに、改めて呼び出されたのが一体どんな用件であるのか、背筋が寒くなる思いのマルセリナであった。

「先ごろ南大陸にて、サンマルカ要塞《ようさい》に駐留する我がアルガント帝国軍と亜人族《バズ》との間で、大規模の戦闘が行われたと報告がはいった」

グラウディオが前後の脈絡なしに唐突にそんな話を始めたものだから、マルセリナは面喰らってしまった。しかし、そんな彼女の様子を配慮する必要も感じていないのか、グラウディオは滔々《とうとう》と言葉を続ける。

「我が軍は約二万。それに対し、亜人族《バズ》の軍は六千。さて、どうなったと思う？」

「どう……でございますか？」

「先日までサンマルカ要塞に赴任していた貴公だ。要塞のこと、駐留軍のこと、敵である亜人族《バズ》のこと、諸々詳しかろう。その貴公の意見を聞きたい」

一体何が目的なのか。グラウディオの意図をマルセリナははかりかねていた。

本心から戦《いくさ》についての意見が聞きたいわけではあるまい。グラウディオの旗下《きか》にも幾《いく》人《にん》か名の知れた将もいるし、彼自身ウィルフレドと並び称されるほどの戦巧者である。わざわざマルセリナのような若輩者《じゃくはいもの》の意見を聞くためだけに、時間を割いたりはしないはずだ。

だが、グラウディオの美しいがどこか無機質な顔からは何の感情も見えず、マルセリナは慎重に言葉を選びながら口を開いた。

「兵力差は優に三倍強。普通に考えるのならば、我が軍の圧勝でございましょう。ただ、兵部卿閣下があえて《どうなったか》などと問うのですから、通り一遍の結果にはなっていないということなのでしょう」

グラウディオの白磁のような頬《ほお》がかすかに緩《ゆる》んだ。マルセリナはそれを肯定の仕草と受け取って、言葉を続ける。

「その上で、わたしが感じた亜人族の精強さ、サンマルカ駐留軍の士気の低さなどを考えれば、予想以上の被害をこうむったというところでしょうか。敵兵力が六千とのことですから、それと同数の六千を失ったということも考えられぬわけではありません」

一度の会戦において二万の内の六千、つまり総数の三割もの兵を失ったとなれば、後々まで語られるほどの大損害である。それほどの戦いは長いアルガントの歴史をもってしても、いくつもあるものではない。

だが、マルセリナは可能性としてはありうると考えていた。前回の戦いでアルガント軍が亜人族に完勝できたのは、ウィルフレドがいればこそだと彼女は強く思っているのだ。

「さすがに武門の一族メルディエタだな。漠然《ばくぜん》とした質問にも整然と答えを返す。かの黒狐どのが重用していた理由もよくわかろうというものだ」

「き、恐縮です……」

「だが、貴公の話には、ある観点が抜けているのだが、それに気づいているか？」

改めてグラウディオより問われたが、その意図するところをマルセリナははかりかねてしまった。

困惑《こんわく》した表情を浮かべたマルセリナに、グラウディオは形のいい唇を苦笑するようにかすかに歪《ゆが》めた。

「勝敗だ、マルセリナ卿。貴公はど、ち、ら、が、勝、っ、た、の、か、という論点を省《はぶ》いて物を言っている。端《はな》から我が軍が負けるなどとは考えていないようだ。帝国の武人としては見習うべきところなのかもしれぬがな」

グラウディオの言う通り、そんなことは論じるに足りないことだった。

事実、ウィルフレドの赴任前にも、幾度となくサンマルカ要塞駐留軍は亜人族と戦ってきたが、苦戦はあっても敗北はなかった。

先程、大損害を予想した時とて、「それだけの犠牲を払って辛《から》くも亜人族を撃退したのだろう」と考えていた。

だが、グラウディオの言葉からすれば、それは浅はかな考えであったのかもしれない。

「で、ですがまさか……そんなことが……二万の軍をもって、六千の亜人族に……？」

信じられず狼狽《うろた》えた声をあげるマルセリナだったが、グラウディオの口から出たのは彼女の狼狽《ろうばい》を切って捨てるような冷徹で端的な言葉だった。

「負けた」

グラウディオの断言に、マルセリナは雷が落ちたかのような衝撃を受けた。

「それも大惨敗だ。要塞司令カマラサ将軍は戦死。彼以外にも幕僚団の参謀は全滅、中上級指揮官に致命的な打撃を受けた。戦闘後サンマルカ要塞に帰還した将兵は一万程度だったらしい」

「一万……っ⁉　い、一度の会戦で半数もの将兵を失ったのですか⁉」

喪失数の中には、戦場から逃亡した兵や慣れない土地で彷徨《さまよ》い帰還できずにいる者なども含まれるため、一万 尽《ことごと》くが戦死したわけではない。

だが、それを考慮したところで、

「そうだ。帝国史上に残る大惨敗だといえるな」

グラウディオのこの言葉を否定できるものではなかった。

「逆に亜人《バズ》どもからすれば快勝だ。三倍以上の数の敵と戦い、その半数にも及ぶ致命的な打撃を与えた上、敵総大将の首を獲《と》る。どうやったかは知らぬが、まったく見事なものだ」

「閣下のお言葉を疑うわけではありませんが、正直信じられぬ気持ちです」

「さて、そこだ。マルセリナ卿」

未《いま》だ愕然《がくぜん》とした表情のまま首を振るマルセリナに対し、グラウディオは皮肉っぽく頬を歪めた。

「そんな信じられぬようなことをあっさりとやってのける人物が、我々の共通の知人に一人いるのではないか？」

「……っ‼」

この期《ご》に及んでようやくにもマルセリナは、グラウディオが自分を呼び出した理由を悟った。

「か、閣下はウィルフレド殿下が亜人《バズ》族を率いて帝国に叛旗《はんき》を翻《ひるがえ》したと、そう仰《おつしや》りたいのですか⁉」

「そこまではっきりとは言っていない……が、これまで身体能力の高さに頼り、力押ししかしてこなかった亜人族が、搦《から》め手《て》を使って我が軍を混乱に陥れたとの報告を受ければ、何者かの関与を疑うのが当然というものだろう？」

「それはそうかもしれませんが、必ずしもウィルフレド殿下だとは……」

「少なくとも、私が調査した結果、行方知らずとなったかの黒狐どのが南大陸にいる可能性は極めて高い」

グラウディオから聞かされる話は、どれもがマルセリナにとって衝撃的なものばかりではあったが、この一言だけは驚きよりも安堵《あんど》をもたらした。

ウィルフレドがそう簡単に死ぬはずはない。そう信じてはいたが、生死も行方もわからぬまま一箇月《ひとつき》、二箇月《ふたつき》と経《た》ちマルセリナの心が疲弊《ひへい》していたのも確かなのだ。

「そこで貴公に改めて問うわけだが、貴公が見る限りウィルフレドという男は、国を追われた後に仇敵《きゅうてき》と手を組んで故国に叛旗を翻すような人物なのかな？」

問われ、思わずマルセリナは一瞬言葉に詰まってしまった。

ウィルフレドとは、物心つくかつかぬかの頃から一緒に育ってきた仲だが、それでも彼の印象を一言で言うならば《計り知れない》だった。

理知的であるのに時折衝動的に行動し、子供のように純粋かと思えば、老人のように達観してもいた。とんでもないトラブルを持ち込むこともあれば、目を瞠《みは》るような偉業をあっさりとやってのけることもある。

良くも悪くも何をするのかわからない器の大きさがウィルフレドにはあり、それが彼の魅力でもあった。

しかし。

「あ……ありえません……！」

絞り出すように、否定の言葉を紡《つむ》ぐマルセリナだった。

「ウィルフレド殿下は情の深いお方です。ご両親やご兄弟の暮らすこの帝国に弓を引くなど、ありえない話です」

「だが、その情の深さ故《ゆえ》に、親しい者の生殺与奪《せいさつよだつ》を他人に……我らに握られていることが我慢ならぬ、ということも考えられるのではないか？」

「……わたしの見る限りウィルフレド殿下は、そのお生まれやお育ちの複雑さから、なんらかの状況に巻き込まれた時、その状況で最善を尽くすことだけに注力し、状況を脱したり状況自体を覆《くつがえ》すようなことをお考えになることがない方なのです。わたしは、殿下が《運命に逆らっても仕方がない》というような言葉を漏《も》らしておられたのを聞いたことがあります」

「それはまあ……わからぬでもないな」

マルセリナの話にグラウディオが漏らした感想は、彼にしては珍しく不明瞭《ふめいりょう》な言葉であった。

もっとも、《生まれ育ちが複雑》という点においても、ウィルフレドに勝《まさ》るとも劣らぬ事情を持つグラウディオである。その心中にはさまざまな想いがあり、それこそ明瞭な言葉など出せぬのだろう。

「仮に、南大陸での戦いにウィルフレド殿下が関与していることがあったとしても、それは殿下の本心ではなく、脅されたなどやむを得ない状況でのことだと、わたしは信じます」

マルセリナは、信じるというよりは、信じたかった。

ウィルフレドが帝国を……自分を裏切ったのだなどと、マルセリナは考えたくもなかったのだ。

悲壮感すら感じさせる強い口調でマルセリナが断言すると、グラウディオは小さく笑った。

「そこまで言うのならば、自分で確かめに行くか？」

「えっ？」

咄嗟《とっさ》の言葉にマルセリナが反応できぬままでいる内に、グラウディオが有無を言わさぬ口調で告げた。

「マルセリナ・デ・メルディエタ。兵部卿として貴公に命ずる。サンマルカ要塞に要塞司令ならびに駐留軍司令として着任せよ」

（あ……ああ、わたしは何という勘違いを……）

マルセリナは勘違いしていた。

グラウディオが彼女を呼んだ理由は、戦のことを聞くためでも、ウィルフレドの亜人族への関与に確証を得るためでもなかった。

ただひたすらに、ウィルフレドを追い詰めるためだったのだ。

「目的は、逃亡者ウィルフレドの捕獲あるいは処刑である」

〈続〉

あとがき

はじめまして。田代裕彦《たしろひろひこ》と申します。

もしかすると、これをお読みの方の中には、田代の過去作を読んでいただいた方もいらっしゃるかもしれません。お久しぶりです、その節はお世話になりました。

ファミ通文庫での前作が二〇一三年末の刊行だったので、かれこれ二年以上も間が空いてしまいました。

今、改めて計算してみて、自分でもびっくりです。

え？　二年？　本当に二年？　という感じです。

この二年間何をしていたのかと問われても、正直、自分でもよくわかりません。本当に何をしていたのでしょうか。まあとにかく、こうして再びみなさんにお目にかかれてよかったです。


さて。

今回は今までとちょっと趣向を変えて、ファンタジー戦記ものに挑戦してみました。

とは言っても、以前にファンタジーもやりましたし、戦記にもチャレンジしたことがあるのでまったく新しいことに挑戦したというわけでもないんですが、今まではわりと変化球じみた方向性でやらせてもらっていました。

犯人探ししてみたり、近代兵器を登場させたりと、いろいろ趣向を凝らしつつ、隙間《すきま》隙間を狙《ねら》っていた感じでした。

しかし、今回は満を持して（？）わりとストレートな方向の異世界ファンタジー戦記ものです。

そう。学生時代に憧れた、田中芳樹《たなかよしき》先生的世界……！

……のつもりだったはずなんですが、なんでかケモミミ娘とかいます。おかしいね。

なんでこんなことになったのか、当初の企画を振り返って見みました。

すると、最初期は「十五、六世紀くらいの大航海時代的世界観で、帆船対帆船の海戦もの」でした。その頃から「国を追われた皇子が故国と戦う」という話で、ここまでは意外と田中芳樹先生的な香りがほのかにしないこともないのですが。

ところが、その時には既《すで》に「軍事大国である故国に対抗するために人魚族の力を借りる」というネタも書いてました。

うん。なんか、変なのいますね。

振り返って見たら、最初から田中芳樹先生的世界ではまるでなかったというオチでした。

ですがまあ、ファンタジーとして考えるなら、亜人獣人のひとつやふたついるのがストレートかもしれないですし、これでよかったと思います。

そのケモミミたちですが。

今作に登場するケモミミ――亜人たちは、人間風の顔に犬猫っぽい耳がついてる、いわゆるケモミミと、頭全体が獣のようになっている獣人タイプとがいます（馬の下半身を持つケンタウロスタイプの亜人はちょっと例外ですが、どちらかと言えば後者ですね）。

で、なんでわかれているかって言うと、単なる趣味です。

ケモミミも獣人もどっちも好きなんです。だからどっちも出したかったんです。

もしかすると統一した方がいいのかもしれませんが、ケモミミはかわいいし、獣人はかっこいいし、どっちかを選ぶとか無理だったんです……！

今巻に登場したのは、ほぼ狼耳《おおかみみみ》の亜人のみでしたが、鷹《たか》とか牛とか熊とか、どんどん活躍させていきたいと思ってますので、ご期待ください！

ちなみに田代の獣人好きは、メガドライブ版初代シャイニング・フォースが切っ掛けです。続編が出ると聞いてゲームギアを買ったのも今となってはいい思い出です。あのシリーズは多彩な獣人がいたのも魅力の一つでした。ペガサスナイトと聞くと、ペガサスに乗った騎士ではなく、背に翼が生えているケンタウロスのことを思い出すのは完全にこのゲームのせいですね。

そういえば、今年（二〇一六年）のスーパー戦隊が獣人もののようです。これを書いている段階だとまだ第一話しか見られていないのですが、獣人の《獣》と《人》のバランスが絶妙で、これはかなり期待大です。

実にタイムリー。ぜひとも便じょ……もとい、この流れに乗って勢いよく走っていけたらいいなと思っております。


話が前後してしまいますが、今作のメインの舞台となっているアルガント帝国が、西と南が海に面した海洋国家であったり、人名がスペイン風であったりするのも、先程話した企画最初期の「大航海時代風世界観」の名残です。

そうそう。アルガント帝国の周囲にはいくつかの国が存在していることになっていますが、その国のいくつかは、田代が以前に書いた作品に登場した国だったりします。

すべての作品は繋《つな》がっている——とか、そんな大それたことを考えているわけではないですし、もちろん以前の作品を読んでいないと楽しめないとかそういうことは全然ないのでご安心下さい。

ちらっと名前だけ登場したその国のことをご存じの方は、ひっそりとほくそ笑むことができる程度の特典です。

もしかすると、いずれ別の作品にも「アルガント」の名前が出てくることもあるかもしれません。

その時はぜひ、ひっそりとほくそ笑んでいただければ幸いです。


最後に簡単ではありますが、謝辞を。

まずは、素敵なイラストをつけてくださったイラストレーターのすみ兵さま。元々ファンだったので、決まった時には「やった、すみ兵さんだ！」と小躍りしたくらいです。

続いて、担当編集のN島さま。かつて全部で三部屋しかないアパートにたまたま一緒に住んでいたという、妙な縁のある担当さんです。その後お互いに引っ越しましたが、いまだにご近所なので、原稿が遅れたらいずれ直接家まで来られるのではと今から戦々恐々としています。

そしてもちろん、この本を手に取り読んでいただいた読者のみなさま。さらに田代裕彦の名を知っているすべてのみなさまに精一杯の感謝を。

ありがとうございました。またどこかでお目にかかることができれば幸いです。

二〇一六年　二月　　田代　裕彦

■ご意見、ご感想をお寄せください。……………………………………………………………
ファンレターの宛て先
〒104-8441　東京都中央区築地1-13-1　銀座松竹スクエア　ファミ通文庫編集部
田代裕彦先生　　すみ兵先生

FBファミ通文庫

廃《はい》皇《おう》子《じ》と獣《けもの》姫《ひめ》の軍《ぐん》旗《き》

た7
4-1
1497

2016年4月11日　初版発行

著　者　田《た》代《しろ》裕《ひろ》彦《ひこ》
発行人　三坂泰二
発　行　株式会社KADOKAWA
〒102-8177 東京都千代田区富士見2-13-3
電話 0570-060-555(ナビダイヤル)　URL:http://www.kadokawa.co.jp/
編集企画　ファミ通文庫編集部
〒104-8441　東京都中央区築地1-13-1　銀座松竹スクエア
担　当　長島敏介
デザイン　ムシカゴグラフィクス 百足屋ユウコ
写植・製版　株式会社ワイズファクトリー
印　刷　凸版印刷株式会社

〈本書の内容・不良交換についてのお問い合わせ〉
エンターブレイン カスタマーサポート　0570-060-555 (受付時間 土日祝日を除く 12:00～17:00)
メールアドレス：support@ml.enterbrain.co.jp　※メールの場合は、商品名をご明記ください。

ISBN978-4-04-734076-3 C0193

魔王殺しと偽りの勇者2

著者／田代裕彦
イラスト／ぎん太

既刊　魔王殺しと偽りの勇者1

残る《勇者》は傭兵と大魔導師！

《勇者候補》も残すところ、不死身と噂される《傭兵》と、かつて王宮に勤めていた《大魔導師》。逸るエレインは腰が重いユーサーを残して〈傭兵〉ダリオンに会いに行くのだが……。各人の思惑が錯綜する中、すべての事柄はひとつに繋がり隠された真相が浮かび上がる——！

くすぐり闘士の無魔術乱舞《ゼロ・ランブル》

著者／仁科朝丸
イラスト／もじゃりん

限界ギリギリバトルファンタジー登場!

超絶くすぐり技巧によって魔術師の詠唱を妨害し、情け容赦なくまさぐる変態と紙一重の技法——"ゼット一流"の使い手である少年ソーヤは"魔力なし"として生まれたにもかかわらず魔術学院へと入学する。入学早々にソーヤは炎魔法の使い手ルルファと対決することになるのだが⁉

偉大なる大元帥の転身2
勇者と炎上トーナメント

既刊
偉大なる大元帥の転身　出直し召喚士は落第中

著者／竹岡葉月
イラスト／ともぞ

「魔王様にとって、キミは必要な存在なんだ」

「帰っておいでよ、ヴェーレス」四天王の一人ベスティアリはそう告げた。その勝手な言い分に怒りながらも心をざわめかせるケータ。そんな折、学院で行われる創立祭に光の勇者や白の腕《かいな》が賓客《ひんきやく》として訪れることを聞いたケータは、元の世界に還る糸口を掴もうとするのだが……。

賢者の孫3

史上最強の魔法師集団

著者／吉岡剛
イラスト／菊池政治

既刊 1～2巻好評発売中！

『アルティメット・マジシャンズ』爆誕!!

皆が順調にレベルを上げる中、シンは立太子《りつたいし》の儀式に出席するためオーグと共に王国へ戻る事に。王太子オーグの誕生に沸くアールスハイド王国。しかし時を同じくして世界征服を目論《もくろ》む魔人がスイード王国へ侵略を始める!!　知らせを聞いたシンは急ぎスイード王国に向かうが――。